长安文心书系

历史的深处

朱鸿 著

陕西新华出版传媒集团
陕西人民出版社

图书在版编目(CIP)数据

历史的深处／朱鸿著. —西安：陕西人民出版社，2020.12

ISBN 978-7-224-13624-1

Ⅰ. ①历… Ⅱ. ①朱… Ⅲ. ①散文集—中国—当代 Ⅳ. ①I267

中国版本图书馆 CIP 数据核字(2020)第 089885 号

主　　编：宋亚萍
策　　划：张孔明
责任编辑：姜一慧
整体设计：杨亚强
绘画导师：曹　刚
绘　　画：蒋懿琰

历史的深处
LISHI DE SHENCHU

作　　者　朱　鸿
出版发行　陕西新华出版传媒集团　陕西人民出版社
（西安市北大街 147 号　邮编：710003）
印　　刷　西安市建明工贸有限责任公司
开　　本　889mm×1194mm　1/32
印　　张　6.375
字　　数　160 千字
版　　次　2020 年 12 月第 1 版
印　　次　2020 年 12 月第 1 次印刷
书　　号　ISBN 978-7-224-13624-1
定　　价　42.00 元

目录

怀疑荆轲

要我指出荆轲的失误与缺陷是容易的，可要我指出他不是一个完全而彻底的壮士，指出他之所以没有干掉秦嬴政是由于他贪生，或是由于他还不想死，指出他不是一个真正的英雄，并否定他的价值取向，我却感到障碍重重。

荆轲谋杀秦王的大举，荆轲临终所表现的从容与镇定，早就固定在中国人的印象之中了，动摇它，摧毁它，不但费力，而且碰壁。中国人是非常喜欢荆轲的，并对他怀有深沉的敬意，这有无以计数的文学艺术作品可以证明，包括陶渊明先生的诗。

荆轲属于那种流芳百世的人，他的故事到处传颂，并将继续传颂。

怀疑这样一个享有盛誉的人，还要到幽暗的历史之中调查他，并借助一些高新观念分析他隐秘的心理，甚至得出损害荆轲的结果，确实有一点冒天下之大不韪。但我却将执意进行自己的工作，我不会由于社会的成见与谬论便置求索于不顾。

我不敢狂妄地认为自己发现的一定是真理，我只是认为真理不会像玫瑰一样伸手可摘，因为在我看起来，真理往往混迹于成见之中，藏身在谬论之后，需要上天入地去发现它。

在我看起来，真理是高于感情的。我以为，一个人或一个民族的精神要不断升华，不断高贵，就必须有使真理超越感情的勇气。

荆轲这个人，我小时候就知道，并迷恋他。

在过去的农村，是没有什么可装潢房子的，无非是贴一些彩色的年画而已。不过有了它，也就有了喜庆，甚至有了文化。我家的年画并不怎么艳丽，它只是贴在墙上的一个系列条幅，然而它再三突出的一个人，却深深吸引了我。当我静静躺在床上胡思乱想的时候，眼睛总是盯着他，并会久久驻留在他身上。他盘着古怪的发髻，他所穿的斜襟褂子显然有一点丑陋。可他却极其勇敢，他握着匕首逼向一个十分威严的人。我一个人待在房子感到揪心，也感到提神，我觉得有一种紧张的气氛似乎要从墙上喷射出来，弥漫在房子里，几乎要淹没了我。

大约是祖父告诉我，他是荆轲，故事为荆轲刺秦王。

我很不习惯荆轲的名字，小时候一直不习惯。我觉得它像他的发髻一样古怪，甚至觉得荆轲就不是人的名字。它倒是像一辆纺车，一件收割小麦的工具。但他的名字却始终刻在我的脑子里，我想到荆轲，便看见他握着匕首的样子。

读了司马迁的文章，荆轲破云而出，有了丰满的血肉。我钦佩他，尊他为壮士。在我风华烁烁的青春季节，我理想的天空，曾经云霞似的飘动着朵朵榜样，荆轲便是我所爱的数一数二的古典英雄。

我以为，荆轲把人所有的一种潇洒淋漓尽致地发挥出来了，我十分羡慕这个人，甚至想象着我就是荆轲，想象着我在一个风高月黑的夜晚悄悄潜入了秦国，计划着要为正义而献身。

不过恰恰是我在想象之中做了荆轲的时候，发现了荆轲的破绽。 破绽渐渐扩大，并导致我改变了对他的态度。

在我看起来，荆轲是那种自负的人。 读了一定的书，喜欢剑术，有怀才不遇之感。 荆轲所在的时代，是一个由天下混战到天下统一的时代，户籍的管理很是松懈，人可以自由走动。荆轲就是四处走动的：他出生于齐国，之后迁居卫国，由于卫国冷落了他，又迁居燕国。

荆轲显然是在寻找发展的机会，希望有人提携和任用。 不过他内敛，他的具体想法一直像烟雾一样是蒙胧的。 我不知道谁能看出来荆轲到底要做什么，反正我没有看出来。 但我却能清楚地感到他郁郁寡欢，意志消沉。

他走动多年的主要收获是结交了一些社会名流。 燕国的田光，德高望重，似乎很是赏识荆轲。

荆轲羁旅燕国的时候，燕国出现了很大的危机，它当然是由秦国引起的。 秦国是要统一天下的，遂在消灭韩国之后，转身把矛头对准了赵国。 燕国与赵国毗邻，于是即将在赵国燃起的战火就使燕国一片惊慌。

有意思的是，燕太子丹比燕王喜似乎还要焦虑。 更有意思的是，燕太子丹在焦虑之中策划着一个奇异的方案，便是打算派壮士到秦国去劫持秦王，逼他归还列国的领土，或干掉他，并趁秦王之死所引起的内乱之机打败秦国。

燕太子丹策划的方案，多少是受了曹沫的启示。 曹沫是鲁国的将军，曾经在鲁庄公与齐桓公会晤之际，以匕首劫持齐桓公，从而收复了鲁国的领土。 也许曹沫的成功，激发了燕太子丹的灵感，他要寻找自己的曹沫，并实施其谋杀计划。

燕太子丹小时候在赵国当人质，秦嬴政由于其父亲也在赵国当人质，便出生于赵国，并长于斯，游于斯。于是燕太子丹与秦嬴政就都是身处异邦，同病相怜，成为伙伴。

几年之后，秦嬴政随父亲回归秦国。父亲做了秦王，他遂为秦太子。父亲逝世，他便即秦王之位。但燕太子丹却继续做人质，其变化仅仅是，他从在赵国做人质变化为在秦国做人质了。燕太子丹天真地认为，由于他和秦嬴政曾经在一起玩耍，是伙伴，秦嬴政便是会照顾他的，而且他希望得到照顾。

不过事实是，秦王不但没有照顾他，反而对他不友好。这使燕太子丹感到极其屈辱，便提出要返燕国。秦王还客气，倒是同意了燕太子丹的要求，只是有一个条件，秦王说：乌白头，马长角，天雨粟，你就可以返燕国了。

燕太子丹觉得秦王欺人太甚，十分愤怒，遂在夜色之中潜回燕国。

容易得出的结论是：燕太子丹之所以要制订谋杀方案，是由于他怨恨秦王，并要以干掉秦王的措施保卫燕国。不过我以为，这仅仅属于表面现象。在我看起来，谋杀方案之源，在于燕太子丹对秦王怀有一种入骨入髓的恐惧。燕太子丹偷偷离开秦国，显然大大冒犯了秦王的尊严。他很清楚，以秦王的偏狭和暴戾，秦国吞并燕国之后，秦王将注定会用非常的手段报复他。

依常规，秦国占领了燕国，燕太子丹作为燕王的接班人，当然是要分摊一些亡国之难的，也会感到悲哀。不过由于他和秦王有过一场心理之战，由于他不堪忍受秦王的冷遇和凌侮，擅自去秦而回。由于他尖锐地悖逆了秦王的意志，他感觉，在秦国占领了燕国之后，不但他将会陷入亡国之难，他会悲哀，而且他将面临一场秦王对他的严酷惩罚。

燕太子丹对秦王的恐惧，实际上已经超出了一个燕王接班人对丧失燕国的恐惧，也超出了燕国任何一个人对秦国的恐惧。在我看起来，燕太子丹是极力要摆脱这种恐惧的，因为恐惧使他不得安生。遗憾的是，他难以克服自己的这种恐惧，恐惧仿佛滴在了他的血液之中，于是他就构想了一个谋杀的方案以克服之。

按照燕太子丹的策划，最好的结局是劫持秦王，从而使秦国归还它过去吞并的列国的领土，最坏的状态是干掉秦王。秦王之死，当然不是秦国之死，但秦王之死却能消除燕太子丹对秦王的恐惧。倘若秦王之死能引起秦国内乱，并趁其内乱之机，燕国联合列国打败秦国，那么最坏的状态就会反弹为最好的结局了。

燕太子丹的构想显然充满了个人情绪，并带着浪漫色彩。他沉溺于自己的梦幻，又激动，又紧张，难以自拔。

燕太子丹的方案，显然属于绝密一级的事情，他只是向自己的先生鞠武做了通报。他把谋杀计划告诉鞠武，无非是要鞠武给他介绍一个行动人。也许鞠武知道燕太子丹的性格，遂多少发表了一些能够启示燕太子丹的意见之后，勉强认同了他的构想，随之介绍了田光。

不清楚为什么要让田光做谋杀的行动人，我想，可能是田光曾经有过谋杀的经历吧。总之，田光拜见了燕太子丹，但他却认为自己衰老，害怕自己不能完成任务，遂介绍了荆轲。

遵田光之嘱，荆轲来到燕太子丹的府第。燕太子丹看到的荆轲，是一个相貌堂堂的人，30岁左右，文雅而审慎。燕太子丹说：燕国能有你荆轲这样的人，是天怜悯燕国了。随之把谋杀计划告诉荆轲，并请求他完成。燕太子丹的方案惊心动魄，荆轲久久沉默，之后表示：事情重大，不能胜任。

荆轲的推辞，显然是他认为到秦国去谋杀秦王非常困难，他不敢随便接受，以防耽误燕太子丹的大计。不过他的推辞，也有这样一种可能，荆轲觉得燕太子丹的谋杀计划完全是荒诞的，只是他不好指出其荒诞，遂以不能胜任为理由，从而摆脱之。荆轲的推辞，当然还有这样一种可能：尽管他认为谋杀秦王很是困难，可它却仍不失为一个方案，唯奇异了一点，而且做起来并非一定就会失败。他委婉地拒绝燕太子丹，很可能是在待价而沽，不然怎么体现自己的价值呢？

荆轲的推辞，使燕太子丹感到意外，但他却不失望，因为荆轲知道了他的计划，荆轲便有了为之保守秘密的责任，甚至荆轲知道了他的计划，就是被他圈套进来了或被他裹挟进来了。如果荆轲要跑出去，那么荆轲便成了一个泄密的管道。燕太子丹显然是不会让荆轲带着他的计划跑出去的，甚至他为了堵塞泄密的管道，是会要了荆轲的性命的。

何况田光在举荐了荆轲之后便自刎了。田光以死封闭了自己的嘴，从而避免了燕太子丹的怀疑。

田光之死，多少对荆轲造成了压力，这是燕太子丹能够感到的。他发现，尽管荆轲表示自己不能胜任，但荆轲却没有完全拒绝。他发现荆轲实际上处于斟酌之中。

总之，燕太子丹是不准备放荆轲走了。他似乎已经下了决心，一定要荆轲成为谋杀的行动人。

荆轲忽然看到堂堂燕王接班人跪在他的脚下，向他磕头，盼他千万不要辜负燕国之重托，还承诺给他提供种种应有尽有的享受。

如果一个人对你寄予了最重要的希望，并以最诚恳最迫切的态度请求你，可你却拒绝了他，他会怎样呢？ 他会沮丧，怨恨，恼羞成怒，甚至会杀了你，何况请求你的人不是普通的人，是燕太子丹。 荆轲觉得自己是不能推辞了，推辞将会遇到麻烦。 他觉得自己要明智地进行选择，必须接受燕太子丹的请求。

我以为，完成一项难度很大的谋杀任务，除了要求行动人一定要有机智和冷静的素质之外，还要求行动人有果敢与残酷的素质。 然而以我的分析，我觉得荆轲是一个多愁善感的人，有一点仁弱。

有三件事情，使我感到他性格的迷离。

一件事情是他对盖聂轻蔑和挑衅的反应。 荆轲有一年在榆次碰到一位剑术高强的人盖聂，遂登门请教。 荆轲还没有开口，盖聂便把一双威胁和拒绝的眼睛摆给了他，显然是要用目光赶他走。 此时此刻，荆轲竟闭着嘴，默然而去。 荆轲之举，可能是鄙薄盖聂的粗陋，认为不屑较量，较量将玷污自己，也可能是怯于盖聂的骄横与凶悍，需要回避其锋芒，以免伤害了自己，也有可能是他对盖聂这家伙既嫌恶又畏惧，他以自己的嫌恶掩饰了自己的畏惧，从而巧妙地维护了自己的尊严。 总之，他默然而去。

一件事情是他对鲁句践非礼所表现的态度。 博戏是类似于象棋的一种智力竞赛，荆轲和鲁句践在邯郸博戏的时候，为争道得罪了鲁句践，鲁句践居然翻脸大骂荆轲。叱咤之下，引来很多人，他们以为马上将会有一场激烈的械斗。实际上没有出现任何热闹，因为荆轲悄然起身，一声不吭地离开了。

一件事情是他的高歌和痛哭。在燕国，荆轲结识了高渐离。尽管高渐离是一个杀狗的，但他却懂音乐，善击筑，高渐离击筑而出的曲调往往回肠荡气。荆轲和高渐离遂为知己，他们经常做的事情是，在燕国蓟城的酒肆且饮且唱。当然是高渐离击筑，荆轲高歌。到了伤心之处，荆轲总是痛哭不已，泪流满面。

在我看起来，一个执行谋杀计划的人，如果他的性格有仁弱和多愁善感的特点，那么他将难以保证自己在谋杀的关键一刻不犹豫，不游移，他也将难以抵抗生的吸引和死的排斥，从而影响他充分发挥自己的能量。

也许荆轲需要一个适宜其性格的工程让他完成，以焕发青春，为社会有所贡献，但命运却摊派给他了一个谋杀秦王的工程。命运有自己的安排，荆轲无可奈何。

谁都在命运的把握之中：聪明绝顶也好，权势显赫也好，明哲保身也好，其统统摆脱不了命运的控制。我为庸碌之辈，当然也处于命运的指拨之下。

荆轲是壮士，以剑术自负，可他却依然没有冲破命运的笼罩。我的意思是，中国人一直所赞美的荆轲，实际上是承担了一项他不十分情愿完成的任务。

荆轲做谋杀的准备工作，竟做了近乎两年。在这两年之中，他一直是迟疑的，彷徨的，似乎没有进入一种临阵的焕发状态和振奋状态，甚至没有必需的热身运动。

燕太子丹倒是很好地兑现了自己答应给荆轲的一切，确实是尽其所能地满足着荆轲的需要。他这样做，目的在于希望荆轲能早日赴秦国完成任务。然而荆轲一直未出发，甚至过去了近乎两年，荆轲仍不出发，这使燕太子丹难免不满。

虎狼一般的秦国，按其既定步骤征讨着。在占领了赵国之后，秦国便陈兵于燕国边境。进攻燕国，似乎箭在弦上。形势逼人，燕太子丹觉得要催促荆轲行动了。

一天早晨，他径直跑进荆轲的住宅，显然不满地提醒荆轲说：应该出发了吧！荆轲说：像这样空着手到秦国去行吗？这样是不行的。荆轲强调：到秦国去一定要带上礼物，以取得秦王的信任，否则便无法接近秦王。

荆轲要送秦王的礼物仅仅两件，不过它们大有其价值，甚至是秦王梦寐以求的。他要带上樊於期的首级。樊於期是一位秦将，非常善战，但一些谗言却挑拨了他与秦王的关系，秦王竟要收拾他。他觉得冤枉，便逃到了燕国，希望燕国给他以庇护，随之成为燕太子丹的朋友。秦王气急败坏，悬赏黄金百斤和封邑万户要樊於期的首级。于是荆轲就给燕太子丹通报了一声，向樊於期做了暗示。樊於期深明大义，自刎而死，贡献了他的头颅。荆轲认为，樊於期的首级将会减少和消除秦王的疑虑与戒备。荆轲还要带上督亢地图。督亢是燕国的富饶之地，秦王早就对这一带垂涎欲滴了。荆轲认为，只要让秦王知道燕国是愿意割让督亢的，秦王一定会很高兴。

依荆轲的设计，匕首将藏在督亢地图之中，当他给秦王展示地图以介绍督亢之美的时候，匕首便会随地图的打开而露出来。

荆轲注意着谋杀的关键一刻，他当然是要紧紧盯着匕首的。匕首一闪，他就会抓住它刺向秦王。那是赵国徐夫人的一把匕首，燕太子丹花了很多钱才买了过来，其锋利之极，以药淬之，经过试验，只要它触及体肤，人无不立即呜呼哀哉的。

我曾经指出，荆轲在接受燕太子丹的请求之后，有两年左右的时间一直处于彷徨和迟疑的状态。不过，荆轲并未由于自己有消极的情绪就不考虑自己要做的工作。事实是，他也在琢磨着自己应该怎样完成任务，而且他还是善于发现要害的。从他要送秦王的礼物看，从他地图穷而匕首现的设计看，他确实是经过了缜密的分析，是一个思维严谨的人。他显然认真挖掘了秦王的心理，并注意到了谋杀过程的种种细节。

我的问题是，既然准备什么礼物是荆轲胸有成竹的，而且准备起来并不难，但他却拖延了近乎两年，这是为什么？我的又一个问题是，礼物一旦齐全，他就应该出发，但他却牵肠挂肚，仍滞留在自己的住宅，这又是为什么？唯一的原因当然是在荆轲，我以为，荆轲并没有下定决心要到秦国去干掉秦王，因为这是一件必须牺牲自己的工作。

当燕太子丹提醒荆轲应该出发了的时候，荆轲认为空着手不行，不过在礼物置办妥当之后，荆轲仍不出发，这便使燕太子丹警觉起来，他非常害怕荆轲反悔。

一天早晨，他吊着脸对荆轲说："那么我就让秦舞阳作为先遣出发了！"燕太子丹拿秦舞阳逼荆轲，使荆轲极其反感。但他却压抑了恼火，向燕太子丹解释说："我无非是在等待一个朋友而已，我要他当我的助手。"

燕太子丹与荆轲所建立的合作关系，显然变得微妙了，甚至变得脆弱起来。也许有一点碰撞，便会破裂。

荆轲突然改变了主意，他告诉燕太子丹：那么我立即出发，不等待朋友了！

燕太子丹的眼睛一下像蜜糖似的甘甜而柔和，他还亲热地拍了拍荆轲的肩膀，随之吩咐秦舞阳向荆轲报到，而且一切服从荆轲的指挥。

荆轲答应立即出发固然是好的，问题是，荆轲有一点委屈，甚至使他产生了受到强迫的感觉。可惜燕太子丹忽略了荆轲这种微妙的心理变化。

生命会有一种巅峰体验，但巅峰体验却只能在征服过程出现，唯有人类的杰出分子才敢于征服。那些平庸之徒是不会有巅峰体验的，因为他们总是退避三舍，不敢交锋。

荆轲的巅峰体验应该是在谋杀秦王之际产生的，那是他短暂一生之中唯一一次征服，遗憾他没有把这个巅峰体验推到极致。

荆轲和秦舞阳在秦国贿赂了秦王的中庶子，得以拜见秦王。秦王为燕国使者带来的樊於期的首级和督亢地图而大喜，遂安排在咸阳宫接见使者。

不料刚刚进入咸阳宫，就出现了麻烦。由于十三岁的秦舞阳浑身颤抖，引起了文武百官的怀疑，荆轲意识到行动的困难增加了。他瞥了一下秦舞阳，觉得这个失态的家伙真是没有出息，但他却必须掩饰。他笑着解释：秦舞阳是鄙陋之徒，没有朝拜过天子，所以很是紧张。荆轲的解释当然不无道理，可秦王却已经厌恶了秦舞阳，遂禁止他到殿上去。

只剩下荆轲了，这显然降低了胜利的可能。不过荆轲无可奈何，他所能做的，便是保持镇定，坚持到底。我想，也许是秦王兴奋得昏了头吧，他竟没有盘诘一下荆轲，就吩咐荆轲赶快把督亢地图拿到殿上。

荆轲在文武百官严密而挑剔地注视之下，走向殿上，并把地图呈给秦王。人有血勇和脉勇，还有骨勇，但荆轲却是神勇，难怪当他走向殿上的时候，眼睛不向两边看，面不改色，心不跳。

当着秦王的面，荆轲打开了地图，于是督亢的河流和原野就渐渐出现了。随着地图的拉长，督亢的河流在延伸，原野在辽阔。荆轲一边介绍着督亢的肥沃，一边观察着秦王的神情。不过最最重要的，是他必须注意藏在地图里面的匕首。

他发现秦王的目光贪婪得像一只猫闻到了肉香，对督亢馋极了。他发现秦王显然放松了所有的警惕，唯望着燕国的领土。但荆轲却聚精会神。荆轲紧紧地，紧紧地注意着地图的展示。他看到地图就要一圈一圈全部打开了，他将马上看到地图的边缘。他睁大眼睛，看到匕首露了出来，遂一把抓住匕首。

可他却没有用匕首直接捅向秦王，竟没有捅。如果他伸出胳膊，用匕首捅向秦王，只要匕首的锋芒触及体肤，那么秦王就会中毒而死。然而他没有，他手软了，没有捅。

在荆轲抓住匕首的时候，他还揪住了秦王的袖子。这两个连续动作，是在一瞬之间进行的，有闪电一般的速度。

突如其来的谋杀，确实让秦王惊诧，他本能地防卫着。他仗着青春之躯，猛兽似的挣脱了荆轲。他以猴子一般的敏捷，飞跃而去。他躲闪，回避，绕铜柱旋转，终于拉开了他与荆轲的距离。荆轲失去了最有可能最有把握干掉秦王的机会，尽管他仍在追杀秦王，但他却很快便要处于劣势了。

在文武百官慌乱的疾呼之中，在侍医和舞姬的帮助之下，秦王把他的剑从胸前推到了背后，于是他就可以拉开架势抽出他的剑了。

历史猝然之间凝固了，我看到世世代代的中国人在此时此刻都紧张地望着秦王的剑。秦王疯狂起来，他向后一挥手，便是一个弧线，他抓住了剑。他再向前一挥手，便又是一个弧线，他举起了一片寒光。他吼着，叫着，把寒光掷到荆轲身上。荆轲躲闪不及，寒光落而左股断。

荆轲并没有死，他还握着匕首。他知道自己已经失去了劫持秦王的机会，也就要失去干掉秦王的机会了，他一急，遂瞄准秦王，把匕首扔了过去。他鼓足了劲，他多么希望匕首能投中秦王，能干掉他。他瞪着眼睛望着匕首，他看到匕首在咸阳宫漂亮地飞旋着，可它却碰在了一根铜柱上。秦王及其文武百官都听见尖锐的金属之声，我也听见了，因为它一直沿着历史跋涉的方向尖锐地响着。

秦王砍掉了荆轲的腿，不料荆轲竟仍向他扔了匕首，而且其劲这样狠，遂红了眼睛，大剁之。不过荆轲依然活着，他依铜柱而笑，坐地而骂。

荆轲临终之前告诉秦王：事情之所以不成，是因为我想抓你一个活的，要你一个归还列国领土的契约以报答太子。

荆轲所言，尽管有为自己开脱之嫌，但我却还是相信的，它既表明了他谋杀的思路，又辩白了他失败的理由。不过还有一个更隐蔽的动机和一个更深邃的原因，荆轲没有透露。我并不认为荆轲有所藏匿就是在欺骗秦王，并通过欺骗秦王而欺骗人类。我以为，荆轲实际上并不知道或并不觉察他还有更隐蔽的动机和更深邃的原因。

在我看起米，荆轲对秦王所说的话，是一条通向他的意识的重要线索，我将沿着它侦探下去。荆轲是没有得罪我的，我不会恶待他。但我的分析却是不会留什么情面的。

事情不成的最深邃的原因与最隐蔽的动机应该埋伏于荆轲的本能之中，这便是，他是贪生的，他还不想死。

在咸阳宫这种森严的地方谋杀它的主人而且仍希望保全性命，显然是不可能的。倘若还有一点可能，那么，便是生擒秦王，制服他，把自己的意志强加给他。

于是荆轲刚刚抓住匕首，就产生了这样一个反应，他感到秦王并不神威，他觉得秦王并不是不怕死，他断定只要用匕首逼着秦王的眼睛，他提出的任何条件秦王都是会同意的。如果是这样一种结果，那么确实好极了，他既报答了燕太子丹，又避免了牺牲自己。

由于从本能之中发出的保全性命的信息干扰了荆轲，荆轲遂没有利索地干掉秦王，没有在已经接近秦王之际用匕首捅他一下，或割他一下，划他一下，点他一下。荆轲很清楚，只要匕首触及了秦王，其将非死不可。问题是荆轲没有捅他一下，因为他知道，秦王死了，自己也会死的。

痛心的是，荆轲一个闪失，秦王便挣脱了他，转身以剑砍了荆轲。

到秦国去谋杀秦王，当然是非常危险的。如果荆轲缺乏一种献身精神，那么我想，他是不会到秦国去的，甚至他就不会向燕太子丹做出承诺，就不会离开燕国，也将从半途流亡别处。

但荆轲却缺乏完全而彻底的献身精神，他没有超越生对他的吸引，也没有超越他对死的排斥。

荆轲是产生了巅峰体验的，然而由于境界的局限，他终于未能将自己的巅峰体验推到极致，这是很遗憾的。

我曾经问自己：我是不是过分地要求荆轲了？ 是不是在刁难这位壮士？ 是不是我的思维在行进过程滑入了诡辩的沼泽。我以为不是的。 我相信自己是在认真地探索人性从此岸到彼岸的深广程度，探索自觉性工作和制约性工作对一个人的能量发挥的影响，探索人置自己的性命于不顾的支撑。

我是反对使用暴力的，当然也反对以自杀性暴力方式而毁灭敌手。 但这个世界却并不会由于我的反对而减少暴力，或减少以自杀性暴力方式打击敌手。 事实是，以自杀性暴力方式打击敌手的事件，在这个世界频频发生，而且常常成功。

能够以自杀性暴力方式打击敌手的人，多是民族主义极端分子，狂热的宗教分子。 尽管这些人采取的方式是恐怖的，他们要达到的目的不一定是合理的，甚至是卑下的，不过，他们为了实现自己的目的，显然都有一种完全而彻底的献身精神。

一个人唯有为了信仰，为了自由，为了尊严，为了爱，或为了民族之深仇和国家之大恨，其献身精神才会被激发出来。 一个人一旦调动了他的完全而彻底的献身精神，就会抛头颅，洒热血，创造奇迹。

在我看起来，荆轲没有任何一个可以使他舍身的理由。 他谋杀秦王，仅仅是为了燕太子丹，甚至仅仅是为了报答燕太子丹。 他缺乏一个置自己的性命于不顾的支撑。

中国人讲究士为知己者死，但燕太子丹却远远不是荆轲的知己。 他不了解荆轲的理想和志向，也没有了解荆轲这个人的兴趣。他还屡屡以恶意猜测荆轲，怀疑荆轲会反悔，从而不到秦国去谋杀秦王了。

实际上荆轲是知道他在燕太子丹心中占据着什么地位的，知道燕太子丹养他无非是要让他干掉秦王而已。于是当燕太子丹猜测他的时候，他就顶撞燕太子丹，顶撞了也就顶撞了。在到秦国去之前，他要等待一个朋友做助手，可燕太子丹却怀疑他是不是要变卦，这当然是很伤害荆轲自尊的。也许他应该向燕太子丹解释一下，以消除误会，但他却懒得解释。他委曲求全，凑合着让少儿秦舞阳当了助手。

荆轲显然也有种种欲望，不过要满足他的欲望，似乎仅仅依靠自己的力量是不行的。大约能够帮他实现欲望的，唯有燕太子丹。事实是，当田光介绍荆轲拜见燕太子丹之后，燕太子丹就十足地顺适其意。

他拜荆轲为上卿。他要荆轲居豪华房子，吃鲜味菜肴，给他风流女子，珍奇物品。他陪荆轲散步，荆轲看见池塘有蛙，拾瓦投之，他竟赶忙拿来金丸让荆轲击蛙。他和荆轲共乘千里马，荆轲感喟千里马肝美，他便杀千里马让荆轲享受其肝。他请荆轲在华阳台饮酒，有美人鼓琴，荆轲赞叹美人一双好手啊，他立即断美人好手，用玉盘呈之。

天下之人，谁能像燕太子丹这样慷慨以对荆轲呢？我以为，他对荆轲确实是尽其所能了。然而不管他怎么让荆轲高兴，怎么让荆轲愉快，他都是把荆轲当作自己的工具，当作一把延长的匕首了。

燕太子丹与荆轲的关系，实际上是一种雇佣关系。处于这样一种雇佣关系的格局之中，荆轲将注定不能打开激情与灵感的闸门，不能增殖能量，并发挥出来，不能完全而彻底地为之献身。

不过荆轲也是很有信义的，他做了自己答应的事情，没有侮辱其节。 虽然他没有干掉秦王，但他却显然使秦王惊心动魄，甚至丧魂。 他把匕首扔在铜柱上而发出的金属之声到现在依然响着，昨天晚上，我在西安还听见了它的旋律。

那么荆轲是不是英雄？ 是不是一个真正的英雄呢？

一部权威辞书对英雄的注释是：英雄属于杰出的人。 沿着辞书的指针进行分析，我以为，英雄是多种多样的。 我的意思是，各个时代，当有各个时代的英雄；各个民族，各个国家，当有各个民族和各个国家的英雄；甚至一个社会的各个阶层，当有它的各个阶层的英雄，这是由其价值观念决定的。

那么存在不存在一个人类普遍接受的英雄呢？ 我以为，是存在的。

人对英雄充满敬仰，由于英雄是升华了的人，英雄有大功。人对英雄的敬仰，还由于人所普遍存在的一种心理，这便是谁都有成为英雄的愿望，谁都有成为英雄的可能，因为人或多或少都具备了一些英雄的素质。

人赞美英雄，实际上蕴藏着对自己的承认和肯定，并通过英雄的光芒，发现自己的亮点。

人赞美那些失败的英雄，是出于这样一种内在原因：他在奋斗过程也曾经受挫，也曾经跌倒，这使他能够用心理解英雄。英雄的失败与自己的失败一旦融为一体，他便获得了舒坦，消除了人生的悲凉之感，并能够为自己重新站立积累信心和力量。

在我看起来，中国人对荆轲的喜欢，便源于一种承认和肯定自己的需要，并源于自己掩埋了同志的尸体，擦干泪，养好伤，以继续战斗的需要。

中国人也从荆轲的操行，想到了自己所推崇的一种操行，还从荆轲的悲烈，想到了自己所呼唤的一种悲烈，并骄傲地感到荆轲与自己是同在的。

当然，中国人对远在两千二百多年之前一位侠客投以深厚的感情，经久激赏，长期夸张，其十分重要的一点是，荆轲对中国人有一种特殊的作用。

中国人有两千余年处于集权统治之下，备受统治阶级的剥削和压迫，并使自己无可奈何地落到了敢怒而不敢言的地步。处于这样的生存状态，中国人必然产生对暴君的仇恨。但改变自己的命运，却很是艰难。中国人遂不得不退而求其次，给灵魂寻找一条出路，否则是会抑郁而死的。

荆轲对中国人的特殊作用是，他渐渐变成了苦闷的灵魂得以出气的洞口。秦王在遭荆轲谋杀未遂数年之后，摇身为秦始皇，他所搞的严刑峻法，使他当之无愧地做了暴君的典型。中国人一般是不好反抗自己所在时代的暴君的，甚至不好对其批评。他们惯常的办法是，指秦始皇之桑，骂自己所憎恶之槐，从而拐弯抹角地泄愤。荆轲谋杀秦王的大举，显然能使处于欺凌之下的中国人产生共鸣和快感，并得到一些慰藉。荆轲遂演化为一个反抗暴君的象征了，荆轲的意义便超出了他的行为本身。

于是荆轲谋杀秦王，就变成了谋杀秦始皇，变成了谋杀所有的暴君，当然也就变成了谋杀每个人所在时代的暴君。这样一层迂回而弯曲的关系，是通过种种借代在虚拟之中完成的，属于可怜的精神的胜利。

由于荆轲对中国人的特殊作用，中国人当然不希望荆轲是一个失败的人，即使失败了，事实是失败了，也不愿意认为荆轲的失败，是缺乏完全而彻底的献身精神所导致的。中国人不接受别的原因，只接受剑术偏差的原因，甚至不愿意认真分析荆轲失败的原因，或刚刚为其失败而感到遗憾，便转而鼓吹他的神勇了。这是被压迫和被剥削的中国人的一种生存智慧，不然怎么活呢！

到处传颂的荆轲，是中国人集体树立的一个角色，但他的原型却是由司马迁创造的。中国人所传颂的荆轲，显然是大于和高于荆轲的，可它却成了活着的荆轲。

陶渊明好采菊，一向散漫而悠然，但有一天他却忽然吟咏起荆轲来了：

雄发指危冠，
猛气冲长缨。
饮饯易水上，
四座列群英。
渐离击悲筑，
宋意唱高声。
萧萧哀风逝，
淡淡寒波生。
商音更流涕，
羽奏壮士惊。
心知去不归，
且有后世名。

登车何时顾，
逶迤过千城。
图穷事自至，
豪主正怔营。
惜哉剑术疏，
奇功遂不成。
其人虽已没，
千载有余情。

品陶渊明之诗，能感到一种出乎生命的慷慨，完全是空穴来风。对于陶渊明，荆轲是一个已经牺牲了几百年的人了，陶渊明不可能无缘无故地想到荆轲。陶渊明的啸鸣，显然是他所在的恶劣环境引发的。他是以生命的振动与裂变，抗议他所在的社会的黑暗。

大约在陶渊明逝世几百年之后，这首诗引起了朱熹的注意。他认为，陶渊明并不仅仅是一个平淡之人，他自有其豪放之性。

然而归根结底，荆轲的行动不过是一种谋杀而已。燕太子丹是策划人，目的是劫持秦王，或干掉秦王，以消除燕太子丹对秦王的恐惧，并阻挡秦国对燕国的征讨。

人类基于利益的得失和增减，必然要斗争。斗争的途径应该很多，但谋杀的办法却不是光明的，尽管你谋杀的动机可能是高尚的、伟大的，甚至你谋杀的是暴君，是独裁分子，是进行种族清洗的恶棍，是发动毁灭人类战争的罪犯。不过，如果放任谋杀盛行，那么遭殃的往往是正义的势力，因为邪恶的势力更信奉谋杀，也更习惯于谋杀。

实际上历史是自有其发展趋向的，这决定了任何一种势力都有它必然的归宿。企图干掉某个势力的代表，从而崩溃其势力，这种思路不大气，不现实，因为倒下一个，还会产生别的一个。

顺便指出：秦国消灭列国，统一天下，其积极意义在于，它的结果有可能减轻混战带给中国人的痛苦。我以为，当时统一天下的趋向显然是进步的趋向，燕太子丹改变这个趋向的思路多少是逆历史潮流的。重要的是，历史潮流怎么能可以轻易改变呢？

我所推崇的英雄，不是以兵器称霸，也不是以权力傲世，甚至也不是以思想扬威，当然也不是以谋杀吓人。我所推崇的英雄，是在尘埃之中干净，在罪孽之中提纯，并终于捧着爱的种子到处播撒。爱是他的目的，也是他的手段。除了爱，他不走别的路。这样的英雄尽管寥若晨星，不过毕竟是有的。他们曾经闪耀在人类的浩瀚天空，使我得以想象和仰望。

我的态度非常明确：荆轲的价值观虽然是在我的中国文化之中孕育的，但把它放在人类文明的辽阔海洋，我感到，它却多少显出了自己的瑕疵。荆轲谋杀秦王，无非是为了兑现自己的承诺，报答燕太子丹的优厚之遇。很显然，是他的狭隘动机把自己的意志局限了。

不过荆轲所有的信义与胆气，我还是极其钦佩的。我从荆轲身上，测试了人的能量可以发挥到的一种程度。

易水一定是一条慷慨而幽怨的河，这是我始终怀有的一种感觉。荆轲到秦国去完成他的使命，就是在易水告别燕太子丹和他的朋友的。当时，凡是知道荆轲要赴秦国的朋友都来向荆轲饯行了。他们穿着白衣，戴着白帽。那天乌云低垂，大地苍凉。饯行的仪式当然是由燕太子丹主持的，他希望自己能高兴起来，然而一种深沉的压力使他眉头紧皱，满脸忧愁，怎么也难以高兴。高渐离想一扫告别的悲戚，遂摆出他的筑在击，但筑的声音却缠绵幽怨，如泣如诉，使所有的人都哭了。

这时候荆轲站起来，他看看天，看看地，随高渐离的乐曲唱了一首歌，歌曰：

风萧萧兮易水寒，

壮士一去兮不复还。

这是我极为喜欢的一首歌，一直喜欢它。我在自己的情绪处于低落的日子，就会吟咏它以改变我的情绪。当我一而再、再而三地吟咏它的时候，宇宙的浩茫之感便融于我心，我觉得人生渺小而短暂，究竟有什么可计较的呢？

我总是想，虽然荆轲所穿越的波浪已经流逝，但易水的波浪实际上却是一涟连着一涟的。我总是想，即使荆轲所穿越的波浪早就进入了大海，并在大海旋涡、变形、粉碎，可易水的波浪却是一直沟通着大海的，追随着大海的。易水的波浪显然从来就未失去过它与大海的联系。易水与大海一直是一个整体，而且关键是，易水根本就没有离开过自己所在的燕国。

三年之前，我瞻仰了易水。我问易水在哪里，一个老人告诉我，在城南。易县为城，小小的，只有几座楼，楼周围摆着一些货摊。燕国的妇女显然解放了，她们竟坐在风中进行交易，可惜市场很是清冷。

我很快就穿城来到易水之滨，我觉得自己竟有一点紧张。

这就是我要瞻仰的易水吗？我所看到的易水，在冬日的风中变成了宁静而浩茫的白冰，不过在白冰下面，易水依然流淌着。偶尔会有小溪从薄弱的白冰下面钻出来，轻轻地游滑着，充满了动感。

易水两岸到处都是雾霭。雾霭之中只是一些贫穷的村子和干枯的树木，它们在雾霭之中沉默着。让我伤心的是，我感觉我的到来，一点也没有打动它们。

为荆轲饯行而击筑的高渐离，之后不得不躲藏起来，以防秦始皇的迫害。他改名换姓，到一家餐馆去当了酒保。这个工作很累，而且时间一长，他也觉得这样生活极为窝囊。于是他就重操旧业，仍在击筑。秦始皇知道他在街上出现了，便派鹰犬逮捕他，烧马粪熏瞎了他的眼睛，随之要求高渐离为自己击筑。高渐离当然不甘心，遂悄悄在筑的空隙装满了铅。一天晚上，他突然把筑投向秦始皇，事情不成，为秦始皇所诛。

我在易水吟咏着：

风萧萧兮易水寒，
壮士一去兮不复还！

我遥望咸阳宫吟咏着：

风萧萧兮易水寒，
壮士一去兮不复还！

灰　堆

我对公元前 213 年的焚书，一直怀有隐痛与激愤。 我知道事情已经过去很久了，我与它相距遥远，是没有什么直接关系的。 不过事实是，只要我想起来，我就激愤，而且隐痛。

我甚至还能闻到那次焚书的烟味。 这当然必须在月明星稀的夜晚，最好是秋季，我一个人，地点是空旷的原野。 我需要排除所有欲念，全神贯注，并根据宇宙空间的风向而寻觅。

在都市，我是不能闻到焚书的烟味的。 都市喧闹，污染，信号密集而杂乱，并总是飞流着种种虚假的消息。

要闻到焚书的烟味，绝妙的场合当然是原野。

我之所以能够闻到那次焚书的烟味，是因为物质不灭，因为焚书的烟味一直存在着。 如果物质是会消灭的，那么烟味便会消灭，我也就不能闻到它了。

实际上那次焚书的烟味像梦一样游来荡去，是很难捕捉到它的，否则，人会抓住它，收拢它，把它装在透明的瓶子观察和研究，以促进中国的文明。

可惜它随风而飘，没有人能够抓住它。

当然，我生活在传统之中，这一点非常重要，它决定了我对焚书的烟味有一种天生的敏感。其实，中国人谁不是生活在传统之中呢？很显然，中国人，特别是知识分子，对焚书的烟味都是敏感的。

但我确实还是有一点禀赋的，只要我愿意，我便能捕捉九十公里之外的一种气息，包括随风而来的古代的烟味。这是我的一个秘密，我一直保守着它。

不过我不愿意轻易使用自己的嗅觉，因为总是伸着鼻子闻来闻去，将迅速消耗生命的能量。我的负担很重，还有很多事情处于计划之中，我必须注意节制自己的能量，不然一些美妙的事情便做不成了。

我一直感觉，那次焚书的发生非常突然。没有任何迹象表明秦始皇的焚书是一次有准备的行动。焚书显然并不在秦政府的工作安排之中。焚书之前毫无预兆。在我看起来，焚书的方案是仓促出台的。

论性情，论气质，秦始皇属于那种好大喜功的人，这当然并不是什么缺点。他曾经发创世之念，借时运之势，远交近攻，各个击破，统一了中国。之后他乘胜调遣，南平百越，北驱匈奴，大大开拓了秦帝国的疆界。

辉煌的胜利很使他得意，遂置酒咸阳宫，并邀请博士七十位参加，目的是祝贺。那是一个真正快乐的日子，没有任何理由怀疑秦始皇为了焚书而搞一个宴会，并制造虚假的热闹。

如果秦始皇打算焚书，那么他应该是不需要什么阴谋或阳谋的。他搞的是集权统治，想怎么干就怎么干了，根本没有谁敢于反对他。

那天的咸阳宫张灯结彩，轻歌曼舞。他心情很好，表现了一定的随和与亲切。

参加宴会的博士，无不以在咸阳宫拜见陛下为荣。他们众星捧月似的围着秦始皇，并对自己所敬畏的陛下歌功颂德。秦始皇显然是需要这种拥戴的，他感到十分舒服。

当脑袋装着一些知识的博士纷纷金牙玉嘴般地赞美秦始皇的时候，有一个人非常激动，而且焦急，他便是在秦政府担任仆射之职的周青臣。他是很想显示一下自己对秦始皇的崇敬之情的，可其他博士却总是占据着好的位置。这使他焦急，而且迫切。

终于有了一个表态的机会，周青臣兴奋地说：

> 他时秦地不过千里，赖陛下神灵明圣，平定海内，放逐蛮夷，日月所照，莫不宾服。以诸侯为郡县，人人自安乐，无战争之患，传之万世。自上古不及陛下威德。

周青臣所言合乎时宜，而且甜蜜，芳香，秦始皇喜形于色。其言也不是毫无道理，甚至是基于一定的事实之上的。

如果周青臣确实认为郡县制优于分封制，那么他的观点无非是反映了他的思想而已，当然是正常的了。但周青臣的用心却并非这么单纯，他对秦始皇的赞美，很可能是要秦始皇注意他，对他产生好感，以重用他，增加他的俸禄。别的一种可能是，他知道陛下的脾气，必须奉迎陛下，以保障自身的安全。

周青臣所言，显然是一种吹捧，吹捧得很是肉麻了。

关于郡县制与分封制之优劣，是一个复杂的问题。根本不能立即解决，何况那天秦始皇是举行祝贺的宴会，这根本就不是一个可以讨论严肃问题的场合。

淳于越是一个熟悉历史的博士，秦帝国的知识分子，书生意气，非常反感拍马溜须的做派，并一直认为分封制是优于郡县制的。周青臣所言，不但使他嗤之以鼻，而且使他一下激愤起来。他火气十足地指出：

> 臣闻殷周之王千余岁，封子弟功臣，自为枝辅。今陛下有海内，而子弟为匹夫，卒有田常六卿之臣，无辅拂，何以相救哉？事不师古而能长久者，非所闻也。今青臣又面谀以重陛下之过，非忠臣。

淳于越以历史的经验，证明了分封制的长处。在我看起来，他是一个正直之士，他考虑的似乎是秦帝国的长治久安。

不过他应该知道，郡县制已经实行，而且它作为一个功德，也已经刻在了秦始皇的纪念碑上，难道他一个建议便能取消郡县制吗？是不是几碗酒把淳于越灌醉了，才使他这么胆大！

还有一种可能是，淳于越与周青臣是有矛盾的，淳于越一直在寻找机会攻击周青臣，以解心头之恨。淳于越的目的是，他要设法使秦始皇疏远周青臣，并厌恶之，甚至惩罚之。于是淳于越就借分封制好于郡县制之题，发挥周青臣不忠于秦始皇之意，以达到他的图谋。可怜这些古旧的知识分子，由于必须依附权力才能站起来，竟不得不在权力周围争宠。

实际上非常可能的是，淳于越属于率性之人，有见解，善立异，只是少韬略，易冲动，从而将注定惹祸。他的天真在于，自以为事情将会像秦始皇曾经表白的，招致博士进入秦政府是要兴盛太平，自以为博士随秦始皇东西巡游，南北视察，并为秦始皇制作纪念碑，甚至参加廷议，甚至还在咸阳宫参加祝贺的宴会，这一切，便是重视和抬举博士，以鼓励知识分子为秦帝国的建设充分贡献自己的智慧。

显然是由于淳于越的判断出了问题，遂大放厥词，高唱反调。他无论如何不会想到自己针对一个小小仆射的意见，居然会引发一场文化浩劫。

在理论上，事物的发展方向是由必然因素决定的，但在实践上，事物的发展方向却往往是偶然因素决定着。因为人的理性是薄弱的，人的非理性的行为总是突如其来地发挥作用，并会以其异常的力量改变事物的发展方向。不过，在这个世界上，也不是所有人的非理性的行为都可以突如其来地横加干预，从而成为改变事物方向的偶然因素。在一个集权统治的体制之中，唯有掌握权力的人，才有强劲的非理性行为。当然，掌握权力的人把普通人逼急了，普通人也会采取非理性行为。在中国，这种恶性互动而导致的非理性行为是反复发生的，它充满了破坏性和毁灭性。

在一个喜气洋洋的场合，淳于越对周青臣的批评确实是扫兴的。秦始皇多少有一点不悦，但他并没有发火，也没有下令焚书。

在平常，以秦始皇的暴虐，他完全可能把淳于越臭骂一顿，甚至赶他走，杀他的头。但秦始皇的情绪在那天却像丝绸一样光滑和柔韧，淳于越的尖锐竟没有刺伤它。

秦始皇可贵地保持了足够的节制，没有为区区儒生之争大动干戈。不过他也没有让事情就这么一滑而过，他的办法是，把互相对立的意见交给文武百官去讨论。

所谓讨论，无非是为群臣驳斥淳于越提供一个机会而已。秦始皇相信，群臣的声音将完全淹没淳于越的观点。但秦始皇却还是没有想到焚书，当然也没有下令焚书。

想到焚书的，是别的一个人。这个人不但想到了焚书，而且想到了关闭私学，想到了要禁止儒生以古非今。这个人是谁呢？是秦政府的丞相李斯。淳于越反对郡县制之论，深深触动了李斯的神经，遂由此及彼，想到了儒生的麻烦和危险。

在秦帝国实行郡县制，是李斯的建议。为了使秦始皇采纳自己的建议，李斯曾经猛烈抨击了主张分封制的丞相王绾。经过斟酌，秦始皇采纳了李斯的建议，在一国之内设若干郡，在一郡之内设若干县，郡与县的长官全由秦政府任免。这便形成了中央可以一手控制的网络，纲举目张，易于管理，秦始皇极其满意。

由于李斯对秦政府的卓越贡献，其日益贴近秦始皇，但主张像西周一样实行分封制度的王绾却不得不疏离秦始皇。李斯知道，郡县制既是秦政府的基础，又是他的权力的基础，起码是构成自己权力基础的重要的石头和砖块。

李斯万万没有预料几年之后竟有人反对郡县制，而且竟是一个无功无德的博士。尽管淳于越是针对周青臣的，但李斯却气愤至极。高明的是，他没有把对淳于越的气愤停留在情绪的层面，他挖掘了一下，于是他的目光就从淳于越身上飘到了所有儒生的身上。他觉得这样一类人读了书，能思考，会辨别，善于发表见解，将必然挑剔秦政府的方针政策，而且必然会直接或间接地指责他的工作。他过去就对儒生的锋芒有所感觉，淳于越之论显然强烈了他的感觉，但这是不行的。

发现秦始皇不悦以后，他就知道了应该如何对待淳于越。他的做法当然是迎头痛击，迅速挫败淳于越，并镇压一下其他儒生的锐气。不过他发表意见的时候，已经隐匿了自己的情绪，这是李斯一贯的风格。他说：

五帝不相复，三代不相袭，各以治，非其相反，时变异也。今陛下创大业，建万世之功，因非愚儒所知。且越言乃三代之事，何足法也？异时诸侯并争，厚招游学。今天下已定，法令出一，百姓当家则力农工，士则学习法令辟禁。今诸生不师今而学古，以非当世，惑乱黔首。丞相臣斯昧死言：古者天下散乱，莫之能一，是以诸侯并作，语皆道古以害今，饰虚言以乱实，人善其所私学，以非上之所建立。今皇帝并有天下，别黑白而定一尊。私学而相与非法教，人闻令下，则各以其学议之，入则心非，出则巷议，夸主以为名，异取以为高，率群下以造谤。如此弗禁，则主势降乎上，党与成乎下。禁之便。

李斯在建议关闭私学之后，转而便提出了焚书的必要，因为私学与书是紧密联系的，私学与书都会诬蔑形势，蛊惑人心，影响集权统治。

他还划分了要焚之书的范围。依李斯的认定，医药之书是没有问题的，卜筮之书也是没有问题的，植树之书当然也没有问题，这些都可以留存。但百家之书，还有什么诗集与文献，却会妨碍思想的统一，要统统烧掉。史官唯读秦纪，其他的历史著作，一律燔之。

李斯的声音像钻头似的旋转着，穿过层层叠叠的岁月，从一个玻璃窗子的缝隙进入我的房子。我有这样一种感觉，仿佛一条绿色的眼镜蛇爬过了我的胸膛，我毛骨悚然，非常不舒服。

但在咸阳宫，秦始皇那天却为李斯的凌厉之势笑了。李斯把淳于越抨击得如此地落花流水，让秦始皇觉得十分痛快。

李斯提出的关闭私学和焚书的建议当然精锐。防止动乱，保持稳定，这些建议将有釜底抽薪之效。秦始皇装模作样地考虑了一下，同意了李斯的建议。

于是公元前 213 年的焚书就发生了。

焚书的烈焰持续了一月之余，烧得大地干干净净。

经过高温消毒和灭菌，秦始皇自以为秦帝国将永远不患病，不生灾，秦政府的权力将由他的子孙一世二世地传下去，传它一个无穷无尽。

我是不能看到公元前 213 年那些烈焰的，但我却可以闻到焚书的烟味。当时有很多稠密的黑烟，稀薄的白烟，半生半硬的黄烟和半明半暗的蓝烟，在烈焰焚书之际挣扎着离开了大地。烟翻卷着，随风而去，躲进了宇宙空间。

在渭河以南，我寻找到了那次焚书所留下的一个巨大灰堆。当我默默站在它面前的时候，20 世纪最后某年的夕阳，以自己无奈的光芒照耀着这个沉积物。锥形的灰堆孤立于晚霞停滞的天下。黄昏之中，它似乎有一种高耸之感。在灰堆周围，到处都是呐喊的麦苗和蔬菜，还有呐喊的树木。

我默默地攀登到灰堆的顶端，用脚步丈量着，觉得它的面积足以建起一座精美的阅览室。我感到恐惧，我不知道烧了多少书才凝结成这样一个沉积物。

我在灰堆的顶端走来走去，感到激愤，而且隐痛。

在中国，凡是一个严肃的知识分子，都会对那次焚书做出自己的评价。我以为，评价公元前 213 年的焚书，是一个不能绕过和不可逾越的问题。

最早批评秦始皇焚书的，应该是政论家和文学家贾谊，当时秦政府才崩溃了二十余年。 之后目录学家与天文学家刘歆批评过它，哲学家董仲舒批评过它，之后文学家苏轼批评过它，理学家朱熹批评过它。 他们无不谴责焚书之狠毒与卑鄙，无不为中国典籍的毁灭而痛心。

不知道最后批评焚书罪恶的将是谁？ 也许没有最后，肯定没有。 我以为，人类存在多久，知识分子对焚书的批评就将延续多久。

焚书虽然由秦始皇决定，可策划的，却是李斯。 江山是秦始皇的江山，不过为了巩固江山，李斯提出了一个伤天害理的主意，并规定了焚什么书，怎么焚书。 我以为，这是可以琢磨的现象。

李斯是秦政府的高级领导，处于权力的中心，然而其根底，应该为知识分子。 他是荀子的学生，经过努力，李斯青出于蓝而胜于蓝地获得了一套政治理论。 他还有一定的文学才能，可以清晰而艺术地表达自己的观点。 也精通小篆，是文字专家。

李斯有一个高见，他认为，即使是一只老鼠，粮仓的老鼠也胜于厕所的老鼠。 老鼠的变迁是要有一些能力的，在我看来，李斯便具备这样的能力，因为他是有智慧的人。 从当吕不韦之舍人，到当秦嬴政之客卿，到当秦政府之丞相，李斯步步高升，不靠祖先荫庇，不靠斩首立功，不靠经商捐款。 他唯一所靠的，是他的智慧。

不过，如果智慧有善良与邪恶之分，那么我觉得，李斯的智慧多是邪恶的，这是由他所依附的集权统治所决定的。 他必须尽心尽力地为其服务，对主子像狗一样忠诚，对主子之外的人像狗一样凶残，从而使主子满意他，否则他的荣华富贵将落叶缤纷。总之，奴才往往比主子更坏，更毒辣，也更阴险，因为主子还是会要一些尊严的，但奴才却完全可以不要脸。总之，世间最不人道和最不光彩的事情，都是主子与奴才配合着干的。

李斯无非是秦始皇一个爪牙而已，但这却是一个非常敏锐的爪牙，他从博士淳于越的一番所论，能够一下想到所有儒生的问题，并想到关闭私学，想到焚书。那天在咸阳宫，秦始皇之所以笑了，就是因为他觉得李斯考虑得不但周到，而且深刻。是的，关闭私学和焚书，是可以把人弄得愚昧起来的，人愚昧了，思想便易于统一了。统一了思想，便没有了反对的意见和反抗的行动了。

焚书的根本原因，实际上是文化与权力的冲突，因为文化对权力的运作是有影响的，它可以润滑权力的轴承，但它却往往要制约权力的轮子。

也许秦始皇和李斯并不知道文化与权力还有冲突，不过他们是知道书所蕴藏着一种文化力量的。特别是李斯，属于知识分子，应该知道书会有潜移默化的作用，书会激发思想，并能够交流和传播思想。李斯当然也知道百家之言是秦政府的一面镜子，知道诗可以怨，文献可以知兴衰，明因果。总之，书所产生的思想往往是统治阶级思想之外的思想。统治阶级一向把自己思想之外的思想贬为异端。异端显然会分解和融化集权统治，甚至会切割和拆卸集权统治。统治阶级是非常害怕所谓的异端的，遂严格控制书的出版和流通，而且习惯于毁灭种种有新意的书。

我以为，李斯从淳于越之论，感到了书所充当的儒生以古非今的工具，感到了书具有的一种威胁，遂不惜通过焚书以削弱文化对权力的抗衡。

不过焚书只是文化与权力的冲突在前沿的表现，焚书所反映的深层冲突，显然是文化与文化的冲突。

秦国文化是轻伦理而重功利的，实施的是霸道。秦国文化无不服务于它的统治阶级，而且由于其文化的配合作用，秦国才得以后来居上，迅速强大，统一了天下。

既然天下已经是秦帝国的天下，那么天下所有的文化，秦国之外的别的文化，包括过去的鲁国文化与楚国文化，显然都变成了秦帝国的文化。既然天下所有的文化都变成了秦帝国的文化，那么别的文化在秦帝国就应该有一定的位置，应该像森林一样继续扎根下去，延伸开来。我以为，这是顺理成章的事情。

问题是，秦政府执意保守，独尊的只是秦国文化，并以秦国文化排斥别的文化。如果秦政府有胸怀天下之大气，如果秦政府以海量容纳别的文化，那么秦帝国有可能会在一种宽容的气氛之中延长自己的治安。不过秦帝国狭隘，所以它对别的文化不但恐惧，而且排斥，仿佛别的文化藏匿着推翻秦政府的秘密武器。其使秦始皇和李斯之流心理变态，并野蛮地要以暴力征服别的文化。

非常明显，焚书是毁灭别的文化的一个方案，只是这个方案太卑鄙太无耻了！毁灭人类的典籍，那是冒天下之大不韪的。

秦始皇曾经在渭河两岸大兴土木，为自己修建了种种有列国建筑风格的宫殿。秦帝国的建筑一时多姿多彩，颇显奇异。也许纷呈的歌台舞榭会使人产生错觉，以为秦始皇有一颗开放的心。非也！

以列国的建筑风格为榜样修建宫殿，无非是秦始皇显示他的胜利而已。他狂妄的想法是：他征服了哪个国家，他便要在渭河两岸推出哪个国家君主所居的宫殿。

在公元前213年焚书的那些日子，中国的知识分子经受了一次惊心动魄的考验。除了没有良知的人，谁都会感到痛苦。焚书是冲着知识分子的，是否定文化的，谁能欢欢喜喜地把书交出来让其烧掉呢?

但他们却敢怒而不敢言，只能把书交出来，因为官方很想抓一个怒且言的儒生，以做杀一儆百的游戏。

事实是，在焚书的非常时期，那些身穿黑衫的衙役，狐假虎威，走街串巷，厉声叱咤，强迫儒生尽快把自己所藏的书拿出来。谁违背命令，就处理谁。处理的办法早就有了，是在脸颊刺字，之后发配到边境去修筑长城。刀就这样架在你的脖子上，你的脖子上到底有几个头能够经受得住刀的大砍硬砍呢!

秦帝国可怜的儒生，不得不抱着书战战兢兢地走出来。他们想象着竹简木简，还有缣帛，将投入烈焰，仿佛是割身上之肉，抽骨中之髓。他们望着车一辆一辆地拉走了书，不哭，不喊，只是悚然而立，难以凝神。

然而天下胆识之人仍是有的，他们将设法让自己的书躲过浩劫。在鲁国，刚刚惊悉焚书的消息，孔鲋便把一些重要的书夹在住宅的墙缝之间，这确实是一个绝招。在楚国，一个老人机智地把一部兵法保存下来，之后将其送给了革命青年张良。在别的地方，社会的精英分子也都在巧妙地抗拒焚书。为了保护典籍，很多人受尽折磨，甚至悲惨地死了!

但那次焚书，却毕竟是由李斯这样一个有文化的人策划的，焚书的工作周密而严厉。 根据司马迁和其他学者的统计，焚书之后，中国的典籍已经所剩无几。

那么秦始皇到底烧掉了多少书呢?

几年之前，我在无奈的夕阳之中抚摸着渭河以南那个巨大的灰堆，试图做出自己的估量。 我从灰堆的断层和褶皱抠出了完全腐朽变质的竹简和木简，抠出了成为尘埃的缣帛。 我捏了一些粉末放在手上，我看了看，吹走了粉末。 我把粉末吹到了霞光万丈的天空，自言自语地问着：秦始皇到底烧掉了多少书? 到底烧掉了多少书呢?

此时此刻，我明显地闻到了烟味。 穿过漫长的隧道，公元前 213 年焚书的烟尘滚滚而来，滔滔而去。

我以为，焚书对文化的破坏，是有外在和内在之分的。 秦政府在渭河以南燃起烈焰，将累累典籍付之一炬，肯定造成了沉重的文化损失，不过它只是一种外在的文化损失。 秦政府烧掉典籍的猖獗之举，还造成了一个严峻的后果，便是它断送了春秋战国几个世纪所形成的百家争鸣的风气，这样的损失，是一种内在的文化损失。

百家争鸣应该是文化发展和昌盛的一种最适宜最美好的氛围，实际上就是过去的中国人的言论自由。 由于言论自由，春秋战国时期的中国才出现了一个又一个的思想大师，而且正是他们杰出的贡献，才使中国成为一个文明的中国。

那些古旧的思想大师，仿佛闪耀的群星，其灿烂的光辉照亮了中国人的灵魂。 难能可贵的是，那些群星的光辉现在仍是煌煌的。

一个国家有其言论自由，对它的民族精神的陶冶和锤炼显然是有百利而无一害的。人类实践早就证明了：在一个允许怀疑和辩论的大气候与大环境之中成长的民族将充满激情，敢于探索，富于创造，能够承担自己对人类的责任，而且面临敌手的威胁和利诱，将不畏缩，不上钩。

但秦政府的焚书却黑霜打芳草，西风凋碧树，万里零落。

焚书把它所产生的恐怖，深深地刻在了中国知识分子的心上。焚书使中国知识分子的胆量和锐气遭遇了一次极大的摧残。它的难以愈合的症状是，只要阴雨，它就疼痛。

也许秦始皇统一中国的业绩是需要肯定的，但在我看来，秦始皇所统一的中国无非是他的子子孙孙的中国而已，扩大一点，是秦政府的中国，是统治阶级的中国。总之，它不是普通中国人的中国。秦始皇的中国与普通中国人的中国，大约只有百分之一的利益是相同的，其余百分之九十九的利益都是对立的。但秦始皇焚书所导致的文化浩劫，却显然是中国人的灾难。而且，尽管它是公元前213年的浩劫，可它对文化生态的破坏，却把其灾难带到了现在。焚书所导致的文化浩劫，甚至会超出中国的范畴，变成整个人类的灾难。

秦始皇建立的集权统治，是注定要灭亡的。事实是，它行凶作恶十四年之后就灭亡了，然而中国人生生不息，遂出现了这样一种情况：只要中国人活在这个世界上，便要承受那次焚书所造成的危害。

秦始皇焚书，还为他之后的集权统治的头子树立了榜样。由于秦始皇的所作所为，他之后的反动家伙，便可以放肆地沿着他开辟的以暴力摧毁文化载体的道路走下去。

把最大的恶作为自己之恶的底线，是人从道德匣子放出魔鬼的最后一个安慰。问题是，人一旦放出魔鬼，自己之恶便往往会突破自己规定的恶的底线。

我以为应该设立一个文化法庭，对秦始皇及其之后的那些毁灭文化的人进行审判，并把他们的行径编进教科书里，让中国人世世代代知道他们的罪恶。宽容毁灭文化的人，就是使文化处在屠刀之下。

在中国，焚书并不以秦始皇起，他的祖先就有焚书的劣迹。那是秦孝公接受商鞅的建议，在他管辖的一个区域内干的。但秦始皇的焚书却登峰造极，其范围的广泛性，品种的系统化，都是破天荒的。李斯还为焚书找到了理论根据，真不愧是可以吃到美食的老鼠。

在中国，焚书也不以秦始皇止。由于书是农业社会主要的媒介，甚至是唯一的媒介，它将注定受到统治阶级的控制。或对宣传统治阶级思想的书以支持，或对有异端嫌疑的书以打击，或使书遭遇着殃及池鱼的下场。

出乎对秦始皇的仇恨，公元前 206 年项羽愤怒火烧阿房宫，于是藏在阿房宫的典籍就不得不随着烈焰而消失殆尽了。秦始皇是不愿意让有人文思想的书在世间传播的，但他却要把它们置于自己的密室，似乎还知道这些书有其价值。然而项羽一味推崇剑术，没有意识到书属于文化，文化属于人类，也许他认为，这些劳什子统统无用，而且是秦始皇的劳什子，所以要烧掉。

但江陵焚书，却是一个很有知识的人亲自所为。梁元帝喜欢书，迷信书，读之广博，追求甚解，雅兴起来还教左右读书，而且他的著述也颇丰。梁元帝在江陵的所藏竟达十四万卷，刻本和抄本极多，其视之为珍宝。公元 554 年冬天的一个晚上，鲜卑族人拓跋廓的武装力量包围了江陵，要推翻梁元帝。梁元帝知道自己即将完蛋，遂亲自烧掉了他的全部所藏。气急败坏之中，他还扑向烈焰。幸亏他的左右行动迅速，拉住了他，否则他很可能会死于烈焰的。

梁元帝显然有一种为书所骗的恼怒之感。他认为，他读遍了天下之书，应该有高超的文武之道，以保证他的一角江山。不料其结果，竟仍是失败。

朱元璋当皇帝，似乎没有疯狂焚书，但他却大兴文字狱，就是以文字治罪，并惩罚之。他小时候是孤儿，行乞行窃，遂入故乡凤阳皇觉寺为僧。不过到了四十岁，他竟黄袍加身，成为明政府的元首，确实是世事难料啊！问题是，尽管当了皇帝，可以高高在上地做人，可他却难免觉得自己出身低微，缺少风雅，遂陷入了深刻的自卑之中。

他变态的做法是，猜忌知识分子，并从文字之中捕风捉影，以收拾他们。一位先生赵伯彦称颂君主仪则天下，由于凤阳方言“贼”与“则”同音，朱元璋便认为赵骂他过去是小偷，遂杀了赵。另一位先生许元称颂君主藻饰太平，由于凤阳方言“藻饰”与“早逝”同音，朱元璋又认为许盼他迅速灭亡，也杀了许。

朱元璋的反复打压，使知识分子不得不自己扼住自己的咽喉，以防冒犯。时间一长中国人便沉寂起来，并趋于内敛和胆怯。玲珑的小品，精致的瓷器，大约就是从这个时代产生的，它们当然是这个时代精神的反映。

清政府的特殊在于，它是满族人建立起来的集权统治。由于满族人对汉族人是少数，是一个从松花江流域进入北京的权力机构，清政府的压力显然会大一点，清政府也就异常地加强了意识形态的控制，从而把文字狱用到了泛滥的程度。

他们从所有文字作品与材料之中罗织罪行，时达一百余年，案宗二百多起。典型的有：他们认为将明之材，有问题；维民所止，有问题；清风不识字，也有问题；明朝期振翮，还有问题；秋色招人懒上朝，当然更有问题。总之，凡是有可能使他们想到赞美了明而影射了清的文字，影射了皇帝的文字，或影射了满族人的文字，一律有问题，一律要审判，而且惩罚。

清政府所搞的文字狱，显然有满族文化与汉族文化冲突的一面。关于满族文化与汉族文化，我以为它们之间除了冲突之外，还有一种可能，这便是它们在一个痛苦的格局之中互相吸收，互相融合。

然而文化与权力的冲突，仍是其主要的冲突，是处于前沿的冲突。也许清政府注意到了这种冲突，并知道文化与权力冲突的严峻后果，他们才把文字狱当作打压异己和异见的精锐工具。

那么汉族人，知识分子，是否在以文字的影射反抗清政府的集权统治呢？我以为是的。不过仅仅以文字去嘲弄，去讥讽，将是多么间接、乏力、无可奈何啊！尽管这只是一种发泄似的反抗，但清政府却仍不准，其爪牙一直睁着虎狼似的眼睛紧盯着奏章一类的文件，紧盯着诗。

文字狱的实质，是从文字臆断作者的观点，并指控其违法。所谓作者的罪行，实际上不是他的行为所导致的，甚至也不是他的文字所导致。作者的罪行，完全是被人歪曲文字之意义的结果。

一旦歪曲了文字之意义，文字固有的意义便消失了。

焚书有浩大的声势，能够制造恐怖的气氛，从而威慑知识分子。但文字狱却表现为对知识分子灵魂的折磨，它像风湿一样渗入血液与经络，并渐渐消磨其意志。如果焚书是摧残文化的导弹和坦克，那么文字狱就是化学武器。

在文字狱横行的年代，知识分子往往呈阿谀之状，好一点的，或沉默，或躲在一隅考证圣贤的著作。他们的思想霉烂于脑，他们的脑僵化于头，甚至懊丧自己是有文化的人。康熙皇帝执政之初，江南名士陆圻遭遇文字狱，遂将自己的灾难归于读书。在押解他到北京去的路上，陆圻愤然告诫他的儿子说："终身不必读书，似我今日。"

焚书当然也并不是中国所独有的。在尼罗河三角洲的亚历山大城，过去有一座巨大的图书馆，所藏极富。但在公元前 1 世纪，罗马人的一把火却烧掉了这座图书馆所藏的一半。到公元 7 世纪，阿拉伯人开进了亚历山大城，他们以这座图书馆的所藏违背了真主的旨意为由，一把火烧掉了这座图书馆所藏的剩余一半。1814 年，英国人点燃了美国的国会大厦，其烈焰殃及图书馆，于是为满足议员需要而刚刚购买的数万册书就一瞬成灰。1933 年，在垄断集团支持之下，希特勒横空出世，为德意志民族血统的纯洁而奋斗。他害怕别的思想入侵，从而大肆禁止一切悖逆所谓德意志精神的书。在美丽的 5 月的一天，柏林人痛快地火化了犹太人的著作，并把苏联人列宁的书扔进烈焰。不知何故，他们还把一些关于性知识和性道德的书也烧掉了。

但书却是火化不完的，文化也是毁灭不了的，因为人类有思想的天性。我以为，是这种思想的天性创造了人类的生存方式，人类的生存方式决定了人类对文化的需要。

人类思想的天性，是一个巨大的动力，它一直促使自己不断怀疑，不断探索，并不断发表自己的见解。

由于环境的差别，当然还有历史的差别，人类形成了众多的文化域。我以为众多的文化域，乃上帝的安排，而且由于是这样的一种布局，才显得它合理而美丽。如果地球上只有一个文化域，那么谁都会觉得世间太简陋、太单一，没有意思。幸亏文化域是几个、几十个从而避免了仅仅给你一张报纸、一个频道、一种舞蹈或一袭长袍。

遗憾的是，在相异的文化域之间，过去总是发生冲突，而且现在仍存在着冲突的可能。冲突常常以宗教引起，甚至以价值观念而引起。冲突轻一点，会导致经济断绝；激烈一点，便会发生军事对抗。

我有一个希望，我盼相异的文化域之间能够互相尊重，都大度一点，心平气和地沟通、了解，取长补短，进行融合。

在我看起来，相异的文化域之间的互相商量，显然是要高明于互相征服的，它不会在人类跋涉的过程之中留下硬伤。

那种以最多的因素，代表人类进步方向的文化域，将以最大的优势，影响别的文化域。也许这是不以谁的意志而转移的，甚至人类进步的方向便是最高的意志，也是最强的意志，阻挡它，将只能使自己显得野蛮和落后。

我要指出的是，任何一种权力，不管是秦的权力，还是汉的权力，还是明的权力，还是清的权力，都是在一定的时空发生作用的，但文化却会超越时空，并从所有禁锢它的权力之下奔流而出，走向新的时空。

统治阶级总认为自己的权力是宝贵和长久于文化的，岂不知那些摧残文化的权力，都将为文化所摧残。

几年之前的一天，我从生命的自我修复得到一个启示，我觉得文化是有其自我修复的能力的。

我对文化的自我修复这样理解：

人类的个体是文化的细胞，是文化的基本结构和功能单位。个体是独立存在的，但它的独立存在，却是作为文化机体的部分而独立存在的。

个体有双重性质。 个体既能承载文化，又能弘扬文化。 文化之所以能够自我修复，关键在于个体的双重性质。

集权统治对思想的控制，对知识分子的排斥与迫害，难免使一个时期的文化一派衰败，死气沉沉。 不过，只要集权统治尚未把文化的细胞斩尽杀绝，那么作为文化细胞的个体，将必然会传播文化。

个体既可以一代一代地垂直传播，又可以一片一片地横向传播。 很显然，这样的传播将会使文化的细胞的数量不断增加，不断积累，从而使带着创伤的文化机体得以恢复。

重要的是，个体在有了非凡的遭遇之后，将获得非凡的体验与感受，并将产生非凡的思想，这显然会有助于提高个体的质量。 于是过去受到破坏的文化不但会修复，而且会丰富起来。

也许基督及其门徒的经历，可以成为文化自我修复的一个榜样。 罗马帝国及其爪牙把耶稣钉到十字架之后，世间一片恐怖。 基督的门徒不得不逃亡他乡，隐蔽僻壤。 不过只要他们活着，他们便会传播爱的声音，而且终于可以公开地传播，超越时空地传播，并使基督的思想成为人类一大宗教的根本。

秦对文化的摧残，在汉得到了修复，功德在于知识分子。

当时，中国人有了一个喘息的机会，于是民间的知识分子就以自流的形式传播其书。传播之法，或单线借阅，或双线借阅，哗然传播是不行的。他们所借阅的书，当然都是躲过秦政府的搜查而保护下来的书。

知识分子对中国的文化成果一向是极其重视的。为了把书留存下来，他们尽其智慧，敢于冒险。他们的保护方法是塞于壁间如孔鲋，或放之炕底，埋之墓穴，置之山洞。

不过由于长期的战乱，书的原始版本几乎都散尽了。一些根据口口相传而整理出来的书，也难免出现纰漏，甚至错误斑斑。对以讹传讹的纠正，显然是必要的。

应该注意的是，汉政府建立之后，官方所采取的一些措施为文化的修复创造了条件。汉惠帝时，摒弃了挟书之律，它相当于一次深刻的解冻。其积极意义在于，知识分子对书的交换将不构成违法了。汉文帝时，那些担任博士职务的人专门负责抄书撰书，并考证之，以求文字和内容的正确。汉武帝时，广开献书之路，以使民间知识分子把自己的书拿出来充实国家的所藏。汉武帝还增设管理机构，给书以分门别类。经过几年的征集，国家得到的书已经多如谷米，积如山丘了。司马迁大约就是这一阶段到汉政府去工作的，任务是继承父业，记录历史。汉宣帝时，在石渠阁举行学术会议，讨论并定夺了经典著作的标准版本。汉成帝时，派陈农在各地继续收书，以尽获天下流失之典籍，并由刘向在天禄阁编写目录。刘向逝世，其子刘歆接着编写，终于将三万三千卷书分为七类，以供学习和研究。

官方有组织有计划的行为，大大促进了文化的修复。不过我以为，文化修复的内在动力，仍在知识分子自己，他们是文化最活跃最强劲的细胞。

经学家孔安国有一年修缮孔府，竟得到意外的收获。几个工匠刚刚拆除了一座房子，便奇异地出现了一片琴瑟之声。仔细查之，居然是多卷竹简和木简。这些书实际上就是过去孔鲋为防秦始皇焚书而夹在墙缝的典籍，确实是难得啊！孔安国整理之后，捐给了汉政府，从而使汉政府的藏书增加了权威的版本。

河间献王刘德修学好古，实事求是，热衷于从民间招书，得之，总要抄一份。他留下原著将其所抄之书加钱送于赠书之士。他灵验的方法吸引了四面八方的人，有的不远千里，将书送河间献王。他的书遂越来越多，其名气也越来越大。

特别是杜陵人徐苟，他张榜购书，价以页计。当时有谚语曰：三百六十行生意，不如鬻书于徐苟。徐苟经营凡四十年，使很多典籍赖以存世。他所刻版本，也成为权威之版本。

当然，汉政府对文化的修复，毕竟是在加强集权统治目的之下的一次修复，它不可能出现我所向往的百家争鸣的局面，反之，汉政府浇灌的唯一的花是独尊儒术。我以为，这朵为统治阶级而笑的花像一团硕大的蘑菇，是黑色的。

但秦始皇焚书所造成的文化冬天却显然是过去了。

在 20 世纪，中国文化曾经有两次修复，意义非常。1919 年发生的五四运动，对中国文化进行了一次彻底检讨，它推动中国人迅速从传统文化突围而出。它最辉煌最卓越的一举，是把民主和科学移植到了中国大陆。可惜由于种种原因，这宝贵的一举不到极致，只见树木，不见森林。1978 年开展的思想解放运动，使数亿中国人走出了对个人迷信与崇拜的沼泽。它还改变了一种苍白的文化风景：那时候，中国社会缺乏小说，缺乏诗歌，缺乏电影，当然也缺乏讨论之声，唯有一条路线和八出戏剧。中国文化的这两次修复，使中国社会以开放的姿态站在了世界民族之林，然而前进的路仍将是曲折的！

应该给那些修复文化并使之丰富的知识分子竖立纪念碑，应该把他们的业绩编进教科书，让中国人世世代代都知道他们所做的贡献。

在我看来，春秋战国是中国文化的黄金时代，魏晋南北朝是中国文化的白银时代。

礼崩乐坏，贵族没落，诸侯抬头，重要的是私学大兴，显然为春秋战国的文化繁荣开天辟地。这是一个伟大的时代，在此间产生的思想，将是中国文化取之不尽的源泉。它的一些合理的内核，现在仍影响着人类。

汉政府的倒塌，随之出现的频频更迭的权力机构，及其权力机构的对峙与鼎立，为中国社会制造了一个苦涩的时空，于是魏晋南北朝的知识分子就可以松一口气，可以饮饮酒，观观天，甚至潇洒地啸聚山林。如果他们高兴，还可以通过清谈对儒术反动一下。于是此间的文化就有了自己鲜明的个性，而且它能以自己富于个性的方式肢解文化的一元，并创造文化的多元。我以为，他们干得非常漂亮！

我曾经从文化的黄金时代和白银时代得到一个启示。在我看起来，凡是社会处于宽松状态，文化便繁荣，凡是社会处于紧张状态，文化便萧条。

固然，一个驯顺的民族是易于管理的，不过这样的容易管理，仅仅是在一个小小的圈子才有效，仅仅是在自己的文化域才有效。问题是，人类不会永远处于各自孤立和封闭的时空，人类将注定互相交往，而且从贸易开始，人类早就互相交往了，而且人类正在全面而深入地交往着。

如果别的文化域冲击过来，那么一个已经习惯于驯顺的民族会如何行动呢？如果别的文化域以其价值观念为标准而侵犯你，那么你能有理有力有节地抗议它吗？

我以为抗议并不是可以随便进行的，抗议要有一个重要的条件，这便是你知道你的权利。否则你的抗议将会显得幼稚而可笑，甚至没有作用。

人类在这个地球上已经有很多发现，不过最杰出的发现，也许并不是进化论和相对论，不是剩余价值和精神分析，不是遗传密码和克隆技术。

在我看来，人类最杰出的发现应该是对个性的发现。随之而来的是，人类一直为捍卫自己的个性而斗争。历史的潮流显然是尊重个性，而且承认怀疑的权利，传播异端的权利。唯其如此，才是宽容。只有宽容，才显示文化的伟大，并能使这个文化不断发展和昌盛。

那么相异的文化域之间呢？相异的文化域，形成于相异的环境，并在相异的历史过程，由于相异的生存方式而有了各自的体系和网络。

人类是生活于同一的天下的，并注定要在同一的地上生活，要呼吸同一的空气，饮用同一的水，依赖同一的太阳和海洋。这使相异的文化域的人类成员息息相关，紧紧相连。重要的是，它把文化域的相异，变成了同一人类的文化域的相异。

我以为，人类除了互相认可，并以理性的方式实施文化的融合，除了这样做之外，将没有别的成功之路。

在我看来，任何一个文化域的人类成员，都应该遵循一个原则，这便是：不能以任何理由损害地球上的文化，因为不管它是哪里的文化，都是全体人类成员的文化。

20世纪最后某年的一个黄昏，我站在公元前213年的灰堆之上任其思想、任其思想。我自言自语，自问自答，或久久沉默，久久沉默。

我以为人有思想的本能和责任，而且由于人能够思想，才显示了他的力量。

站在公元前213年的灰堆之上，我曾经一再闻到焚书的烟味。我不会忘掉我当时所产生的一种感觉。我沉浸在宁静的秋季的夜晚，仿佛谁把盖着天空的一层污浊的皮撕去了似的，秋季的天空变得清朗，透明，干干净净，仿佛所有的星辰都浮在了水一般的月光之中。

我就是在这一瞬闻到焚书的烟味的，是一种竹简和木简的烟味，呛鼻的。是缣帛的烟味，熏鼻的。当然是穿连竹简和木简的皮条的烟味。孔子韦编三绝，三绝的便是皮条。在这一瞬之间，我还闻到了荷马时代的莎草纸书的烟味，闻到了谷登堡印刷的羊皮纸书的烟味，甚至闻到了两部哲学和三部小说的烟味，闻到了一部诗集的烟味。

不过焚书的烟味很快便随风而去。随风而来的，源源而来的，是浓郁的芳香，是松树之味，桂花之味，紫荆之味，核桃之味，山脉的石头之味，石头上的苔藓之味，高原的泥土之味，泥土里的蜘蛛之味。我还闻到了白色的月光之味，甚至竟隐隐闻到了邈远的火星之味。

兵马俑之气

我十四岁那年，中国北方有几个农民在田野打井，他们已经打了九眼井。村子周围的那片地球，到处都是窟窿，不过他们还想挖一个。他们认为，井多水多，水多便能抗旱。

那几个农民把最后一眼井的位置选在了一片坟地。这里很是荒凉，柿树老朽，茅草飞飘，狼会在半夜跑下骊山，蹲在一个破丘上嗥叫。那些农民用铁镢挖着，累了便休息。坐在坟地，只要抬头就会看见秦始皇陵。它黑苍苍的，高耸天空，雄赳赳的，重压大地。农民触景生情，总要议论一下秦始皇。挖地一米，土色变红了，这使他们有一点奇怪。深至三米，竟出现了零乱的陶片，陶片居然是破碎的人手人腿，马头马尾。杨志发看着它们，忽然想到十八层天十八层地的故事，遂毛骨悚然，冷汗涔涔。他扔下铁镢，爬了上来。

村子的人不知道陶片为何物，纷纷参观，参观之后便害怕。他们三人一聚，五人一围，窃窃议论，有的便担心这是不祥之兆。史书不记，圣人不语，谁也不知道它们是什么，那些打井的农民当然不知道这就是秦始皇兵马俑！

秦始皇陵的营造开始于秦嬴政即位那年，不过到他死，其陵也没有完成。它显然是一个巨大的工程，结构如何，棺椁又如何，地宫如何，珍藏又如何，都是一个谜。不过有一点可以猜测，秦始皇在某年某月某日接受了一个大臣的奏章，这个大臣可能就是李斯。原因之一是，秦始皇即位以后，由他负责其陵的修建工作，也许是他提出了在陵的周围搞一些地下军阵的建议吧。秦始皇的将士，是他实现统一中国的基础，满足野心的资本，施展战术的工具，也是他安全的保障。秦始皇是得意于其将士的，这使他欣然接受了李斯的建议。

于是秦政府就招募工匠，组织劳力。劳力多得是，刑徒干粗活，出身低微的人也干粗活，由于违法而遭受惩罚的人以劳役代替钱财而干粗活。他们主要是关中的，分布在咸阳周围。除了关中的，还有河南和甘肃的。

兵马俑是在别的地方烧铸的，其温度必须在一千摄氏度以上，而且火候要恰到好处。温度低了，缺乏光彩；温度高了，容易炸裂。放置兵马俑的坑里有一道一道的隔墙，它的上面横着圆木，圆木或松或柏，密集排列，盖以竹席，构成棚子。坑里铺着青砖，兵马俑就站在这些结实而著名的青砖之上。

滚滚黄土掩埋了兵马俑，使它们无声无息，在地下一待就是两千年之久。如果不是打井的几个农民发现它们，那么它们将可能继续待在地下。覆盖它们的黄土长着树，生着草，野兽出没，家畜游牧，成了兵马俑绝妙的伪装。面对一片阴森的坟地，谁会想到它下面有一个庞大的军阵呢！

兵马俑一朝出土，天下为之震惊。看吧！它们都是高大的，兵比真兵，马比活马，兵马俑皆有姿态。兵所穿衣服，衣领交口，衣襟斜叉，衣角微微翻卷。鞋是布鞋，鞋底的针线该密则密，该疏则疏，用针用线的原是脚掌用力的程度。这种做鞋的方法，现在的关中妇女依然在用，其孩子所穿的布鞋，往往是母亲以针线而缝的。兵所戴的铠甲，禁锢了前胸和后背，串连铠甲的钉子密密麻麻，使铠甲坚固得足以防御冲击过来的任何兵器，它甚至还会把兵器反弹回去。这铠甲让人产生一种幻想，似乎有兵器敲打它的声音隐隐在响，如爆如裂，如雷如雨。

兵的额头都不大。有的已经老了，起着皱纹。有的还年轻，年轻的也留胡须，络腮胡须、山羊胡须、八字胡须，有一点滑稽。兵的眉毛因眉骨而异，有的是柳叶，有的是弯月，有的是山岳，有的是三梭，有野蛮之感。马一般都脸面方正，耳朵短促，一鼻直通，两目圆睁，完全符合伯乐相马的要求。

倘若兵马俑是随随便便放置在坑里的，那么世间对它的惊奇一定会减少三分，尽管它们是高大的，有两千年之久的地下生活。不过如果不按一定的规律编排它们，那么兵马俑便无以显示整体的力量。兵马俑编排成形。兵马俑在所有的坑里都表现为军阵。军阵的森严和强势，军阵所显示的一种威慑，使人惊奇而沉思。

孙子曾经把军阵分为很多架势，其中别致的就有锥形之阵、钩形之阵、雁形之阵，还有火阵和水阵。军阵之多，无非证明着兵法之精、战事之繁，不过显然都成了兵法之精的源泉。

秦始皇便是依靠他的将士，从一次又一次残酷的征服之中走过来的。在一号坑，兵马俑组成了一个长方形的军阵，其以步兵和车兵为主。步兵与车兵离间为队，三十八路全副武装，似乎一声令下，便可出击。在二号坑，兵马俑是一个曲尺形的军阵。 它的特异之处是，其包含四个兵种，它们既互相勾连，又各自独立，必要的时候，可能会调出一个自由行动。 那四个兵种是车兵、弩兵、骑兵和混合兵。 三号坑像一个指挥部，有兵相向而立，呈迎接状，呈站岗状，只是不见统帅出现。 于是我就想：也许统帅就是秦始皇，也许统帅还在接受秦始皇的任命，也许统帅已经走在通向指挥部的路上了。

兵马俑在地下一待就是两千年之久，而且数量之多，规模之巨，形象之逼真，无不挑起人的好奇，遂引人参观，熙熙攘攘如风起云涌了。 兵马俑出土在陕西，陕西自然有近水楼台的优势，能看的都看了，并以看兵马俑为荣，以不看兵马俑为陋。过去，陕西人见面问吃了没有，兵马俑出土，陕西人见面便问看了没有。 一个法国政府的官员看了兵马俑惊呼，这是世界的奇迹。 一个日本学者看了兵马俑慨叹，不到西安，就不算到中国，不见兵马俑，就不算到西安。 如斯二言，在世间广泛流传，显然是为兵马俑做了绝妙的广告，这使参观兵马俑的人一天多于一天，一年多于一年，仅仅世界各国的元首就能排成一个长队。

兵马俑声名鹊起，作用超出了文物的范畴。 那当然，文物工作者及文化工作者对它的研究不但热衷，而且深入，兵马俑当然还成了一种可以经营的商品。 兵马俑所在地的临潼人，仿造了大大小小的兵马俑，他们把小的卖给游客，大的卖给饭店和公司，饭店和公司将兵马俑多立于门庭以炫目。 兵马俑甚至红火到了这样的程度，有人以兵马俑为题排舞，以兵马俑为题演戏，还有人以兵马俑命名自己的瓜子和奶粉。 以兵马俑命名乳罩的，我以为不雅。

在兵马俑发现两年之后，那几个打井的农民，为了致富，他们转而借助兵马俑，无非是仿造并兜售而已。其特别之处是，他们都有一张兵马俑发现者的荣誉证。一个偶然的机会，这些荣誉证发挥了作用。在兵马俑博物馆一带经营字画、印章及工艺品的老板，灵机一动，图谋让这些有荣誉证的发现者促销其生意，遂让其给游客签名。他们何乐而不为呢！签名一举，使他们每月都能获取老板支付的几百元人民币，而且每天还能得到一些小费，小费偶尔会是美元或法郎。那个被兵马俑吓得冷汗淋漓的杨志发，早就穿上西服，戴上眼镜，一副鸟枪换炮的样子了。

兵马俑的热闹，给秦始皇蒙上了一层温情脉脉的面纱。他的形象在世间变得多少有一点蒙胧，评价他的语词通常是千古一帝。兵马俑产生的经济效应及其人所固有的对钱的崇拜，竟使秦始皇演变着，这便是，除了冷静的学者之外，一般人对秦始皇多少产生了暧昧印象。

秦始皇固然有其兵马俑，中国的统一固然是在秦始皇手下实现的，不过他统一中国的动机，实际上完全是由霸权主义的心理出发的。从结果分析，他根本没有考虑中国人的安居乐业。他所统一的中国，只是一个扩大的供他耀武扬威的领域而已。统一之前，天下混战，中国人生不如死。统一以后，中国人依然是灾深难重，生不如死。秦始皇统一的中国，实际上对中国人是没有什么意义的，中国人并未从统一的中国获得利益，中国人当时甚至连平静生活的愿望也不能实现。

悲惨的是，秦始皇消灭了列国之后，便把警惕和怀疑的眼睛对准了中国人。他迅速收缴流散在民间的兵器，把它们化之为铜，塑之为像。他制定的法律，也完全是拘禁中国人的，它使中国人只能在狭窄的条条框框活动，稍微越线，便要惹祸。在秦始皇的天下，中国人有的主要是繁重的徭役、苛刻的政治。他们战战兢兢，如临深渊，如履薄冰，甚至偶语妄言也会违法。

秦始皇焚书坑儒的举措，是对人的深刻轻蔑，对人的言论自由的凶残剥夺，对人的精华和良知的彻底否定。其反动不亚于以毒投井，以刀除根，以火毁林，是愚昧人的可耻行径。在人的眼睛里，动物是可以奴役的，在秦始皇的眼睛里，人就是他的动物。人凌驾于动物之上，违背上帝的旨意；秦始皇把人当作动物，完全是丧心病狂了，而且这只能遭到上帝的窃笑和愤怒。秦始皇逝世之后，陈胜有言，其充分展示了秦始皇时代的黑暗，陈胜说："天下苦秦久矣！"

我曾经多次参观兵马俑，甚至有幸抚摸它们的臂膀和脊背。但我却没有一次赞颂它们，我始终没有这样的激动。在我看起来，兵马俑不是自由创造的产物。它们只是秦始皇陵一批阴沉的陪葬品，是缺乏美感的。如果烧铸者能将自己的热情贯注于兵马俑，那么它们大约会生动一点。可惜烧铸者多是受到逼迫的，他们只是依劳动的本能在从事自己的工作，而且这工作充满危险，他们干得胆战心惊。固然，有的兵俑显得喜悦；有的兵俑显得和善；甚至有的骑兵俑牵着缰绳，昂然而立；有的立射俑左腿微拱，右腿稍绷，稳定着躯体；有的跪射俑脚尖点地，挺胸抬头，眺望远方。特别是那个站立的将军俑，尽管显出一些气派，然而我仍感到他有一种尊严中的胆怯，抑制中的得意。固然那些兵马俑在努力展示秦始皇将士的风采，不过很是遗憾，它们仍然显得拘谨和木讷，甚至有一点古怪和邪恶。

那些将士都是拿着兵器的。那些金钩与铜戈，那些戟和铍，在地下埋藏了两千年之久，竟不生锈。那把长长的青铜剑一直压在一堆倒伏的兵马俑之下，早就被压弯了，然而搬走这些兵马俑，它居然能一下反弹过来，恢复其直。

我相信，秦军的兵器是精良的兵器，问题是，那些将士拿着兵器的样子，总给我一种疯狂的感觉，变态的感觉，人的异化的感觉，饿兽寻觅猎物而准备捕食的感觉。望着它们，我会想起秦军活埋四十万赵军的情景。我想象着秦军把俘虏推到深坑，把土填在俘虏的身上，土盖了脚，盖了腿，土渐渐壅到了俘虏的腰和胸。我想象四十万俘虏翻着白眼，吐着青舌，做最后的挣扎，直至窒息，遂不寒而栗。我得提醒自己，秦始皇已经腐朽，秦军已经灰飞烟灭，我看到的坑里的将士不是活的，它们只是一些出土的陶属兵马俑而已，它们不会举着兵器冲到坑外。

天生之物，赋其形，贯以气，水土山石，禽兽草木，无不有气。不过物不同则形差异，形差异则气不同。我感到的，海有浩荡之气，原有静穆之气，深沟有阴气，洞穴有霉气，雁有高洁之气，龟有神秘之气，春花有骚气，老林有衰气。人为万物之灵，凭其智，游万物之间而吸万物之气，贤惠者，气以清主，恶劣者，气以浊主。人工之物，必带人气，那么兵马俑是什么气呢？

兵马俑以秦始皇的将士及其所骑之马做模范，捏造以泥，烧烤以火，为秦始皇陵的陪葬品。非常明显，我感到的兵马俑之气，是混合着一种秦始皇时代的特殊之气，这就是杀气与腥气，还有死气！

在鸿门分析刘邦项羽之性格

人的行为，都是一次完成。完成了的行为，累加起来就构成人的一生。后人也无法为前人再度设想，不能修正和改变当时的行为。行为一旦完成，它便永远过去了。人在事后回想事中的行为，往往有一种命运的苍凉之感，但它却使人解脱。

站在公元前206年项羽设宴的鸿门，我作如是想。透过一堵砖墙，我寻找着刘邦骑马而逃的路径，然而不能。茂密的玉米和高大的杂树，已经组合为新的风景，刘邦所经过的路径，早就为岁月所消磨。新丰的妇女，给漫长的斜坡旁边搭着木架，繁多的玉器及其他工艺制品陈列其上，为了防雨，木架放在帐篷下面。各种各样的帐篷沿着斜坡蜿蜒而下，我从帐篷侧面走过的时候，居然猜测这些妇女可能就是当年刘邦邻居的后裔。刘邦的父亲日夜思乡，闷闷不乐，刘邦便仿照故里的街巷，在鸿门附近修筑了新丰。新丰的布局与故里的布局一模一样，并把那里的人与家畜统统搬来，甚至连鸡也不会走错自己的窝。这是刘邦做了皇帝之后的事情。

但在鸿门宴上，他却屈从于项羽，向项羽赔情道歉。那年他五十而知天命，项羽才二十六岁。一个长者向一个青年表示臣服，其中的虚假很是显然。事实是：秦朝灭亡之前，各路诸侯在楚怀王那里盟约，先破秦入关者王之。刘邦以此为目标，避实就虚，绕道进入关中，率兵驻扎霸上，并接受了秦王子婴的投降，随之开到咸阳。他采纳樊哙和张良的建议要成就大业，便向关中父老约法三章，退回霸上，等待其他诸侯。此时此刻，项羽远在巨鹿一带血战秦军，其破釜沉舟，九战九捷，消灭了秦军主力。不过他没有料到，是刘邦首先入关。年轻的项羽很是气盛，当然为刘邦的狡猾而恼怒，于是，他就率四十万大军，旋风似的开到鸿门，准备消灭刘邦。他知道，刘邦是想当皇帝的，他当了自己就不能当。张良救过项伯，为防张良被杀，项伯将项羽的计划暗中告诉张良，要他逃命。偏偏张良要辅佐刘邦成就大业，遂将机密透露刘邦，并引荐他们见面。刘邦称项伯为兄，约其为婚，三番五次地要项伯转告项羽，他是没有野心的，并答应亲自赴宴。项伯是项羽的叔父，便这样做了，而且叮咛项羽对刘邦要善待，击之是不义的。对项伯的叮咛，项羽沉默，是因为他已经接受谋士范增的主意，要在鸿门宴上除掉刘邦。不过在关键时刻，他竟相信了刘邦的表白，并且告诉刘邦，使他产生误会的是刘邦的左司马曹无伤。他完全解除了对刘邦的戒备，像对朋友一样让其吃肉喝酒。他把必然的敌意一下子化解了。鸿门宴上，范增三次暗示他杀死刘邦，他都没有反应。无奈之中，范增要项庄舞剑，并乘机刺之，可项伯却频频拦挡，保护着刘邦。刘邦是聪明的，他一切都明白，遂以如厕为名，不辞而别，从偏僻的路径逃回军营。四年之后，项羽自刎，刘邦为王。

不能假设项羽在鸿门宴上杀了刘邦，他便一定可以称帝。我只能决断，刘邦避开了天罗地网，从而溜之大吉，因为这是历史。刘邦为人处世的原则，首先是有利——有利于自己生存和发展，他什么事情都做，什么人都用。这一原则，使他保持了清醒的头脑，个人的好恶与爱憎已经不能左右他。在他那里，情感因素几乎消失于他的目的之中。他能屈能伸，能站能爬，于是他的行为就显得宽厚，似乎是谁都可以容纳。事实也是这样，在他周围聚拢了各个方面的杰出人物。运筹帷幄之中，决胜千里之外，他有张良。镇国抚民，保障供给，他有萧何。统率雄师，战而必胜，攻而必取，他有韩信。刘邦终于依靠他们打败了项羽。古今中外，凡是成大业者，都以是否有利当作自己为人处世的原则，这使他们变得异常精明又异常残酷，精明即在算计之际不受道德左右，残酷即在动手之际不受良心左右。刘邦当然是有壮志的，他的声音清楚地表明了他的雄心：某年某月，他在咸阳服役，看到了秦始皇巡游的威风，不禁喟然而曰："嗟乎，大丈夫当如此也！"

为了实现他的抱负，他一直以对自己是否有利为原则而奉行。在早期，他没有显出暴发之迹，是自发地运用其原则，到了晚期，他感到自己可能成大业，便自觉地运用它，称帝之后，他担心谋反，担心篡权，担心吕后政变，担心匈奴入侵，他采取了很多措施，其中都贯穿着对他是否有利的原则。

吕雉之父看中了刘邦，要将女儿嫁给他，此事就成了。吕公是一位阔商，他观其言，察其色，认为刘邦将是大器，遂以女许之，必有后福。这当然符合富商的性格，问题是，刘邦是不是喜欢吕雉。在我看起来，他未必喜欢。刘邦是宠爱戚姬的，流露有对戚姬的喜欢之情，但他对吕雉所表示的喜欢，我却没有感到。吕雉在刘邦称帝之后做了皇后，这证明了吕公的眼光，不过吕公之女显然一直没有获得刘邦的宠爱，不然，吕后在皇帝驾崩之后，怎么那样凶残！实际上这是她长期失落的一种曲折反映，甚至要以吕氏取代刘氏以报复刘邦。最大的可能是，刘邦娶吕雉为妻，是以改变他的环境考虑的。当时，刘邦极为穷贱，有无赖之习，他娶了阔商之女，在沛县的地位便得以提高。

陈胜反秦造反之后，刘邦极力鼓动沛县父老杀掉县令，然后推选一位领导响应起义。他既想做其首脑，又故意推托，既认为自己能力薄弱，又强调这是一件大举。这不过是他欲擒故纵而已。果然，他推让一番之后做了沛公，并为此隆重地祭祀。这充分证明他要做领导的想法是深谋远虑的，但他的推让却给人以真诚之感，没有计谋的人是不会这么做的。几年之后，他打败项羽，故技重演，连连向诸侯和将相推让不当皇帝，然而终于是欣然登基。

在刘邦政权建立的过程，韩信、萧何与张良的功劳难以磨灭。他们对刘邦忠心耿耿，可除了张良体弱多病，使刘邦放心之外，其他二人却每每受其怀疑。刘邦是既怀疑他们，又使用他们，因为韩信与萧何对他是极其有利的，不使用他们便难以成大业。韩信在攻下齐国之后，希望代理齐王，替刘邦镇守齐国。使者带来的这个消息使刘邦非常恼火，此时此刻，他正被项羽围困于荥阳，然而，张良对他分析了应该答应韩信要求的好处，其立即息怒而笑，封韩信为齐王。不过他心里是憎恨韩信的，认为他是乘人之危胁迫自己。所以，公元前 202 年天下平定，他突然调离韩信，夺了他的军权，转封为楚王。其阴险之心，暴露无遗。接着，他以打猎为名，诱捕了韩信，只是由于不能找到韩信谋反的证据，又只得放了。然而他乘机贬韩信为淮阴侯，这使韩信悲哀地叹息：天下平定了，我得死了。刘邦知道韩信并不服他，遂起杀机。公元前 196 年，韩信为吕后所诱斩。萧何自始至终跟随刘邦，为刘邦组织生产、训练军队，但在前线的刘邦，却常常以慰问为由，派使者留意萧何。在刘邦亲征叛军的时候，他一再猜测萧何在后方何为，得知其安抚百姓，筹办粮草，刘邦竟心事重重。于是为了安全，萧何就只得装出一副胸无大志的样子，而且设法使百姓对他不满。不过他毕竟不是贪官，刘邦对他无奈，然而这是暂时的。之后，萧何终于因为建议刘邦开放禁苑以使农民耕种而激怒刘邦，获刑待罚。幸亏各位大臣为他开脱，刘邦才赦免了萧何。萧何上了年纪，光着脚向刘邦谢罪，刘邦虚伪地说："吾故系相国，欲令百姓闻吾过也。"

刘邦这样做，也有其理由。人类历史的进步，往往是以恶推动的，就仿佛没有锋利的刀斧砍伐荆棘，道路便不能开辟一样。在政治家和军事家那里，如果保留过多的温情，那么他就只有失败。他必须日夜复习这样一个公式，即：所有暴露的与潜在的敌意与自己都是你死我活的。他的一切措施，都是为了打败对方，这意味着他的所有行为都有明确的目的。对待人，你有用就拿过来，你无用就抛出去，你若要造反，那么就铲除你。政治家和军事家只能这么干，这是他们的法则。斯为普世之规，古今都是这样的。人类有各种各样的生存方式，政治家与军事家只能按其法则行事。不过他们是少数，多数人是不能也不会仿效他们的生存方式，否则，世界将迅速消亡。政治家和军事家以他们强暴的措施改造着世界，其过程，使人类有了累累的精神创伤，不过也出现了治疗其精神创伤的哲学家、文学家和艺术家，他们是别的一种生存方式。哲学家、文学家和艺术家，是以和平冷静的方式改造世界，他们与政治家和军事家是激烈对立的两极。人类就是由于各种各样的生存方式互相牵制，互相渗透，才得以发展起来。至于对待刘邦，我的态度是，他有使人佩服和敬畏的地方，不过不使人喜欢。我喜欢的是项羽，尽管他失败了。

项羽为楚国贵族，生于公元前 232 年。此时此刻，秦始皇正统一六国，他的祖父为楚国名相，遭到了杀害，他对秦国是非常仇恨的。他聪明过人，只是不好习文好舞剑，只愿掌握万夫莫当的本领。他当然也是有抱负的：某年某月，秦始皇视察会稽，其气魄使他惊奇并羡慕，竟在人群中说："彼可取而代也。"

然而，他是一个充满浪漫气质的人，强烈的感情，往往干扰了他的理性判断，有时候憎恶起来，非常残暴，有时候慈悲起来，非常仁弱。在他攻下襄城之后，竟狠毒地将数万军民活埋了，但在鸿门他却昏沉地放跑了刘邦。以范增的参谋，以他的计划和安排，项羽是要在鸿门宴上杀掉刘邦的，遗憾的是他经受不住刘邦对他的恭维。刘邦的一顿赔情道歉，一下使他失去了理智，变得糊涂起来，遂放刘邦走了。项羽就是这样一个容易激动的人，其不能做到冷静地为人处世。他的性格，妨碍着他成大业。刘邦在鸿门的关键时刻，便是发挥了自己可以委屈的特长，当然也利用了项羽吃软不吃硬的习惯，从而转危为安。实际上鸿门的关键时刻，就是刘邦一生的关键时刻，也是项羽一生的关键时刻。项羽在他临终之际，将其失败归于天意，从而解脱了。

由于项羽的行为常常受情绪影响，他对秦国的仇恨便变成确切地要消灭敌人。他没有一点投机的思想，就是消灭敌人。不过刘邦有投机的思想，尽管他也打了不少胜仗，但在战略上他却缺乏整体观念，表现出一种避实与取巧之态。只有项羽是正面而彻底地歼灭秦军，其事实是，项羽挫败了秦军的主力，为反秦最终胜利奠定了基础。这是所有诸侯都承认的，包括刘邦，之所以他在鸿门向项羽臣服，就是因为他很清楚，推翻秦朝，项羽起到了决定作用。

在历史上，很多人都对项羽进入咸阳的烧杀行为，表示批评，而且把他和刘邦的行为进行比较。项羽是不够策略，不过这恰恰是他真实性格的流露。他恨秦，便直截了当杀死秦王，烧毁秦宫。这一举当然也有他对刘邦的嫉妒，因为刘邦先于他到达咸阳，抢了他的风头，而且关中父老与刘邦的关系搞得很融洽，从而使项羽丧失了建立信誉的机会，于是他就干脆以凶神的面目出现，以展示其威风。这还有他对自己把刘邦从鸿门放走的懊恼。刘邦骑马而逃之后，范增指责了他。批评之中，包含着对他的轻蔑，于是到了咸阳，他就大肆发泄。

项羽自封霸王，让刘邦到巴蜀去做汉王，是他的一个心计，以提防刘邦谋反。然而他没有料到，在萧何和张良的参谋之下，刘邦有了一个更大的阴谋。在赴巴蜀途中，他们烧毁栈道以麻痹项羽，这保存了刘邦的实力。不久，刘邦便趁项羽镇压齐王之机，突然返回关中，并开始联合其他诸侯进攻项羽。

迁延四年的项羽与刘邦之争，即楚汉之争，将他们各自的性格活灵活现地展示而出。刘邦很清楚，他和项羽是有我无你的，所以，他的一切行为以置项羽于死地作前提，但项羽却显得天真，把残酷的斗争简单对待了。由于持久作战，两军人马皆觉疲倦。有一次，隔了一条山沟，项羽与刘邦对话，项羽竟提出他与刘邦单打，以决出雌雄而结束百姓之苦，这显然是幼稚的。在几面受敌的情况之下，项羽感到恐惧，便向刘邦建议，以鸿沟为界，平分天下，鸿沟以西属刘邦，鸿沟以东属项羽。刘邦佯装同意，使项羽释放了刘邦的父母及妻子儿女。项羽此前抓获了他们，置军营之中。刘邦一次战斗失利，为了逃命，竟将两个孩子从自己的车上推下，他的两个孩子便成了项羽的俘虏。他的父母和妻子，也是为项羽的军队所俘虏的。刘邦得到了亲人，自然高兴，但他却违背了自己与项羽的协议，转身追赶已经撤走的楚军。

项羽显然斗不过老奸巨猾的刘邦。他们终于要在垓下的夜幕之中较量了。那天晚上，项羽听到四面楚歌。他知道决定命运的时刻到了。他慷慨吟唱，反复吟唱，军营内外久久回荡着项羽的临终之音。他宠爱的美人虞姬为他伴舞，之后，她拔剑自杀，不愿成为项羽的包袱。

项羽抱着虞姬的尸体，泪如雨下。他的士兵看见这些，也无不失声哭泣。项羽在军营反复吟唱的歌是这样的：

力拔山兮气盖世,时不利兮骓不逝。

骓不逝兮可奈何,虞兮虞兮奈若何!

埋葬了美人虞姬之后，项羽毅然上马，此时追随他的只有八百人，他们狂飙似的突围而出。由于误入沼泽，人马难以通过，便返了回来，汉军乘机追上。项羽已经知道了自己的结局，然而，无所畏惧。他立马挥剑，往往一声大吼，便使汉军溃散而倒退数里。他让自己的骑兵看着他，接连杀死杀伤几十名汉军，竟轻松得像演戏一般，从而赢得了部下的阵阵喝彩。项羽的结局是这样的：

> 于是项王乃欲东渡乌江。乌江亭长舣船待，谓项王曰："江东虽小，地方千里，众数十万人，亦足王也。愿大王急渡。今独臣有船，汉军至，无以渡。"项王笑曰："天之亡我，我何渡为！且籍与江东子弟八千人渡江而西，今无一人还，纵江东父兄怜而王我，我何面目见之？纵彼不言，籍独不愧于心乎？"乃谓亭长曰："吾知公长者。吾骑此马五岁，所当无敌，尝一日行千里，不忍杀之，以赐公。"乃令骑皆下马步行，持短兵接战。独籍所杀汉军数百人。项王亦身被十余创。顾见汉骑司马吕马童，曰："若非吾故人乎？"马童面之，指王翳曰："此项王也。"项王乃曰："吾闻汉购我头千金，邑万户，吾为若德。"乃自刎而死。王翳取其头，余骑相蹂践争项王，相杀者数十人。最其后，郎中骑杨喜，骑司马吕马童，郎中吕胜、杨武各得其一体。五人共会其体，皆是。故分其地为五……

读司马迁的书到了此处，我常常热泪盈眶。刘邦胜利，当了皇帝，作威作福，然而皇帝常有，英雄不常有。项羽失败了，他失败得轰轰烈烈。他年仅三十就失去了生命，但他所展示的悲壮的人性之美，却灿烂似星，永远闪亮在人类的精神领域。这是做了皇帝的刘邦所没有的。想象着一个古代英雄叱咤风云而视死如归的壮举，我总产生一种净化灵魂的感觉。"生当作人杰，死亦为鬼雄"，这是李清照对项羽的称颂，也是对人的一种期望。

我在公元前206年刘邦赴宴的鸿门徘徊，秋天的雨洒落在遥远的天边。蒙蒙的云雾下面，渭水一白，缓缓流动。渭水走过的关中，便是刘邦称帝的地方。他曾经冲入关中，又被项羽挤出，然后趁项羽之危，复返这里，接着主动离开关中进攻项羽，直到打败项羽，才重新到了关中。他接受一个戍卒的建议，在这里建都。然而，苦心经营的江山，在他驾崩不久，竟为吕后所篡夺。他以是否有利于自己的原则为人处世，吕后便以是否有利于她的行为蹂躏了他主持的白马之盟。他教会了自己的妻子，妻子便谁都不顾，不顾他，也不顾他的儿子。不过，两千年之后的关中原野依然很美，即使曾经惊心动魄的鸿门，都满是宁静的柿树，它红色的果实闪烁于绿色的叶片之间，秋天的雨浸润着它们。

以成败衡量人的价值，是一种普遍的思想，它的优点在于鼓舞人争取成功。然而，它不可避免地使人采用一切能够压倒对方的手段，从而制造着卑鄙的灵魂，失败的人所具有的含金的品质仅仅因为他失败了，便可能湮没。这不是人的可悲么，我的沉默的鸿门！

胯下奇耻

士可杀而不可辱。

我一向偏爱这个句子，它组合得很是完整，但它却又不呆板，也不生硬。在严谨之中，它还有足够的润滑与疏朗。这个句子是有美感的，而且由于它的简洁和精辟，早就发展为一个成语了。不过它显然不是一般的成语，它的劝诫、警告，它的使用率之高，影响力之大，都超出了成语的范畴，升华为一句格言了。

它实际上已经是中国知识分子的一个精神准则，一个忍耐的底线。在关键的时候，它还是中国知识分子进行动员的口号。

如果带着抑扬顿挫一字一字地吟咏它，那么我总会感到，从丹田涌动的凛然之气，能把我劳损的脊梁撑得很直。我经常吟咏它，默默地吟咏。我以为它的意义是明白的，但它所蕴藏的深刻而深长的意义，却似乎仍需要继续挖掘。

关于它的出处，我曾经翻箱倒柜，大查典籍，并向三位学者请教。这样费神追溯一个格言的根本，也许在那些凭兴趣写作的人认为，绝对不是什么聪明之举。不过我愿意，以为我的收获是很大的。

总之，它源于孔子之意，是孔子向鲁哀公释儒之际提出的。孔子认为，也许儒是可杀的，然而儒不可辱，儒可杀而不可辱，既是官方对儒应该掌握的尺度，又是儒应该具备的品质。

士可杀而不可辱，是王鏊在孔子逝世两千年以后所发之声。王鏊在明政府工作，当然属于统治阶级，不过良心未泯。有一天，他看到太监刘瑾对一位有违法行为的大臣辱而杀之，愤慨不已，极力阻止，并大声疾呼：士可杀，不可辱。

在明政府办公之地，以直率的办法，拦挡皇帝的亲信对一个嫌疑犯进行迫害，确实需要非常的胆识。

在我看起来，王鏊的观点与孔子的观点是一脉相承的。他沿袭了孔子的思想，不过也有所发展。他把在审讯和行刑之际应该注意其尊严的人，从为贵族之家相礼的一批有专业技术的人，扩而大之为所有的知识分子，甚至扩而大之为所有的成年男性。

王鏊没有把女性包括在应该注意其尊严的范畴之中，是他的局限，也是时代的局限，因为在他所处的时代，女性都是卑贱的，缺乏人的资格。

现在变化了，现在的女性与男性已经有了平等的权利，据此我以为，现在应该把士可杀而不可辱，提升为人可杀而不可辱。实际上我想强调的是，任何玷污人、使人蒙羞的做法，都是不能接受的。也许社会在明天还将发展为人不可杀且不可辱，不过现在能做到人可杀而不可辱，也是一个进步了。

顺便指出，格言是成语的一种，是可以作法式的句子，并为人长期使用，所以在文章之中出现的格言是不打引号的。打引号显得啰嗦，还影响阅读快感。 不知道其他人怎么样，反正我不喜欢给格言打引号。

为什么侮辱一个人比杀死一个人还严重，这并非不是一个问题。 我的考虑是，人之所以确立，不仅仅因为人是一种高级动物，不仅仅因为人会劳动，充满智慧。 人之所以确立，主要是人在肉体之上还有灵魂，它是人在文明过程逐步形成的，其核心是尊严。 生命固然是宝贵的，不过生命如果丧失了尊严，那么它便削弱了自己的价值。

我敬仰这样一种人，其千方百计，甚至不惜牺牲生命以维护自己的信仰，维护自己的自由，维护自己的权利，维护自己的爱。 这样的人不仅仅是活着，重要的是他在尊严地活着。

在我这样思考的时候，春秋战国时代的晏子其人，受齐王派遣，走进了楚王的宫殿。 楚王微笑着，示意晏子坐下，随之有侍女沏上了茶。

晏子觉得楚王还是友好的，但实际上这却是一个表面现象。晏子马上就会看到一幕使他蒙羞的把戏，当然是楚王导演的。

会晤刚刚开始，楚国司法机构一个官员便押上一个行窃的人，其当着晏子的面，指控行窃的是齐国人。 随之楚王沉着脸，阴险地问晏子：齐国人一向就喜欢行窃吗？ 晏子立即醒悟，不过楚王的恶劣是他万万不能接受的，遂机智地回答：人在齐国并不行窃，事实是，到了楚国才行窃的，这仿佛在淮南生为橘子而在淮北便生为枳子一样。

晏子巧妙地躲过了泼向他和齐国人的脏水，他所表现的一种风度，甚至使玩弄花招的楚王也暗中钦佩。 关键是，这个遥远时代的使者，以自己的行动，向人类昭示了尊严是一个存在，维护尊严是必须的。

但悲哀的是，韩信却未能逃脱胯下奇耻。韩信似乎注定要碰到一个摧毁他的屠夫，以使其永远带着屈服的隐痛。

我以为，那应该是一个阳光灿烂的日子，淮阴的街上游走着一些闲散的人。这时候年轻的韩信过来了，他佩着剑，迈着方正的脚步，鼻子与眼睛，无不是一种高高在上的远大之情。

在淮阴，很多人都知道韩信家境贫困，偶尔还需要寄食。但他的做派却特别得很，常常给人一种傲慢的印象，仿佛他马上就会离开这里，成事而去。

如果韩信的傲慢不是一种挑衅，不是故意在伤害谁，那么就让他傲慢吧，让他摆其姿态吧，因为这是他的个性，也是他的权利。尽管道理是这样，然而实际上并不这样简单。事实是，他所流露的一种远大之情使周围的人感到了自己的渺小和低俗，而且它使周围的人对他产生了嫉妒。嫉妒迅速发酵为恼怒和怨恨，并哺育了一个打击韩信的阴谋。不过韩信并不知道，他还蒙在鼓里。

韩信静静地在街上走着，不招谁，不惹谁，似乎是安全的，岂不知他一点也不安全。虽然他没有妨碍谁，可一个屠夫却吆喝着过去妨碍他了。韩信看到屠夫叉开两腿拦住他，大声奚落其身材高大，喜欢兵器，像是一个英雄，实际上只是一个懦夫。街上的人对屠夫的恶举，不但没有仗义劝阻，反而一波一波地起哄着，有的还在极力地纵容屠夫。屠夫遂得寸进尺，向韩信提出了一个两难的方案让其选择：要么用剑击倒他当英雄，要么从他胯下爬过去做懦夫。

屠夫显然是欺人太甚了。韩信感到愤怒的烈焰迅速燃烧着他的心。他咬着牙，瞪着眼睛，拳头紧握，似乎扬眉之间剑便出鞘。然而在最后的一瞬，他改变了主意。他决定忍，怎么都要忍。于是韩信就蹲下身子，双手按地，把头伸进屠夫的胯下，匍匐而行，一寸一寸地爬过了一个丑陋的空洞。

韩信慢慢站起来。他仿佛是到了一个陌生的地方。他听见街上的笑声铺天盖地，连绵起伏。笑声像冬天的雪一样热闹，像秋天的鸡毛一样杂乱。他在笑声之中毅然而去。他把笑声留在了故乡。

多年之后，韩信为汉帝国打下了大片江山，刘邦不得不封他做楚王。他有声有势，荣归其家。他牵挂着屠夫，似乎一直都牵挂着侮辱自己的屠夫。韩信让人找到屠夫，并特别地任命其为中尉。

韩信还对自己过去之所以接受胯下奇耻做了解释。他认为，他是能够杀死屠夫的，不过杀死屠夫缺乏其名，就忍了。他忍了，才有今天。

韩信凯旋故乡，如何对待屠夫，显然是大有文章可做的。他完全可以罗织一个罪状把屠夫杀死，但这却是一般人的做法，韩信没有。他知道，任何直白的惩罚屠夫的做法，都将像在灿烂的阳光之中重复自己的胯下动作。

韩信的妙计是，给屠夫以友谊和职位。韩信以缩短自己与屠夫距离的方式淡化其事，从而分散了故乡之人对他创伤的注意。

他让屠夫在自己麾下工作，实际上已经是在报复屠夫了，但其表面上却又展示了他的宽容。把事情能做成这样的，也只有韩信了。

韩信对自己为什么会接受胯下奇耻的解释，尽管言近旨远，但我却是姑妄听之，不十分相信。 不过他的解释倒是打开了一条通向其灵魂的道路，所以应该注意他的解释。

在我看来，韩信是这样安排他的灵魂的。 他认为，功利是衡量人的价值的终极标准，为了功利，人是可以接受侮辱的。他还认为，巨大的功利一定会抵消追求功利过程所曾经接受的侮辱。

如果我的分析是对的，那么韩信的灵魂就很是可怕。 我以为他的灵魂有一种流氓气息。

一些学者总是为韩信不平则鸣，而且中国人一向喜欢同情失败之徒。 他们觉得刘邦及其吕后是不道德的，坐了江山便要除掉韩信。

刘邦之流固然是不道德的，当然，这一类人何止能以不道德而为之定位！ 尽管如此，中国人也不能由于刘邦之流迫害了韩信就确认韩信是贤良的。 逻辑似乎并不是这样简单的。 也许刘邦之流对韩信的斗争，是一群大流氓对一个小流氓的斗争。 实际上我就是这样判断的，我难道错了吗？

依刘邦之流的考虑，刘邦除掉韩信，并没有什么奇怪的，因为他是皇帝，他必须巩固自己的权力，这决定了他会瞪大眼睛，留意着企图谋反的人。 刘邦对汉帝国建立有功勋的人，不但时时警惕，而且处处怀疑。 这是刘邦的秉性，也是所有集权统治权力中心固有的风景。

我以为，韩信之死，关键在于韩信，在于他的谋反活动给刘邦之流提供了除掉他的把柄。

根据司马迁的记录，事情的经过是这样的：韩信乘刘邦率兵不在长安之机，向巨鹿郡首授以私意，要其在巨鹿起兵，他将在长安内应。这是大事，当然也是绝密，可惜不知道是怎么搞的，关于联合起兵的消息很快就泄露了。如果韩信能及时获悉情况的变化，那么韩信还是会有弥补之术的。问题是他并不清楚情况发生了变化，也不清楚吕后已经策划了一个逮捕他的方案。他仍在长安悄然准备着。有一天，萧何召韩信到未央宫去开会，以祝贺刘邦平定叛乱的胜利。韩信觉得有诈，不想去，但他却不能不去，于是他就惶惶地去了。诚如其所料，刚刚步入未央宫，卫兵便抓了他，随之他的头便落地了。

这件事情发生在公元前196年的秋天，那些日子，黄叶飘飞，大雁哀鸣，长安很有一点悲凉。

成也萧何，是有道理的，不过败也萧何便未必有道理了。韩信根据他的贡献，觉得汉政府应该给他充足的荣誉和权力，可结果，他却从独有地盘的楚王降为一个淮阴侯了。韩信不服，不满，耿耿于怀，并终于导致了他的谋反活动。

韩信是有谋反之心的，不过如果刘邦愿意，那么刘邦将可以化解其阴谋，可惜刘邦不但没有安抚韩信，反而提高了警惕，加深了怀疑，遂使韩信的谋反之心变成了谋反的行动。

韩信颇有军事天才，在其戎马生涯之中，到处飘扬着胜利的旗帜。进攻魏国，佯装要划船渡河，但他转身却命令士兵浮水登岸。为防行动暴露，他竟奇异地让士兵抱着木瓮做掩饰。消灭赵国，他做背水一战。燕国弱小，他便劝其投降。齐国强大，而且有楚国支援，他遂集中力量，各个击破。垓下之战，为决定项羽与刘邦的命运之战。事实是，由于韩信的作用，项羽才自刎于垓下的。但这样一个军事天才却并没有保证自己能够善终，显然权力的斗争是复杂于军事的斗争的。

韩信是跟随项梁开始革命的，项梁失败之后，其顺延于项羽麾下，做保卫工作。他曾经热情地向项羽献计献策，但项羽却反应冷淡，不以为然。韩信碰壁，很是沮丧，便产生了跳槽的念头。在刘邦当汉王入蜀之际，他离开项羽，加入了刘邦的队伍之中，以图发展。不过在刘邦麾下，他还是默默无闻。依韩信的所想，自己投奔刘邦，当然是希望受到重用的，可刘邦却目空韩信，让他做接待工作，之后管理粮饷。韩信觉得前途黯淡，遂起去意。

在一个月明星稀的晚上，韩信躲开放哨的士兵，穿过一片树林，沿着褒斜栈道，向长安运动。萧何是一直关注韩信的，那天晚上，他发现韩信跑了，竟不经请示便追赶之。他找到韩信，反复劝勉，总算把韩信拉了回来。

萧何是刘邦的谋臣，善于观察，很清楚韩信将大有作为。于是他就尽力举荐韩信，还设法要刘邦封其为将军。到这时候，韩信才有了发挥军事天才的机会。

我是韩信先生的晚辈，只能从背后看韩信。从背后看韩信的优势是，可以清楚地发现他在路上留下的足迹。

我所思考的是，韩信再三选择主子到底是为了什么？他是否有一个目标？晚辈要擦亮眼睛，并学习老吏断狱一般的审视，大约才能发现韩信是有一个目标的，这便是追求功利。

追求功利并非不高尚，而且谁都在追求功利，我也是在追求功利的。不过我觉得怀着投机之念，依追求功利的快慢和大小而转换立场的人，将是危险的。我以为他们有反骨，反骨不一定长在头上，但它却一定长在心里。

刘邦与项羽之争，实际上是推翻秦政府之后出现的一场权力之争。秦政府的压迫和剥削，中国人是可忍也，孰不可忍也。这时候，刘邦和项羽站出来率农民起义军推翻秦始皇的集权统治，当然有巨大的进步意义。不过在秦政府灭亡之后，他们为掌握权力，为当皇帝，动之以武，并不经商量就把中国人拖进他们发动的兵乱之中，便显出了他们的虚伪和狭隘，甚至暴露了他们所潜藏的注定会反动的品质。

遗憾的是，像刘邦和项羽这种推翻一个集权统治，之后再建立一个集权统治，接着再推翻，再建立，其形式在中国竟反复出现，成了规律。我以为，这是中国的悲哀。诗人曾经长叹，中华民族是一个灾难深重的民族，大约就包含着中国具有这种呈循环状态的历史命运。

刘邦与项羽之争，此起彼伏，一战就是几年。有一度，项羽把刘邦困在了荥阳，刘邦为突围便把项羽紧紧牵制着。你想吃掉我，我也想吃掉你，不过事实是，你无法吃掉我，我也无法吃掉你，就那么相持着。

当时，韩信独辟战区，有自己的辖界，而且实力雄厚。如果他与刘邦联合，那么项羽必败，如果他与项羽联合，那么刘邦必败。天下好事者都知道韩信是一个重要砝码，便纷纷游说，希望韩信有所行动。一个著名的辩士蒯通，甚至绞尽脑汁，以相面的角度分析韩信应该在关键之际发挥自己的作用，以改变天下的未来。他还明确建议韩信自封为王，从而把刘邦和项羽从胶着状态解脱出来，并开创他们三个人鼎足而立的局面。辩士晓之以理，动之以情，使韩信很是犹豫。但仔细斟酌之后，韩信却还是拒绝了辩士的建议，其原因是，刘邦对他是有恩惠的。

韩信说："汉王遇我甚厚，载我以其车，衣我以其衣，食我以其食。"

钟离昧曾经在项羽麾下工作，项羽自刎之后，投靠了韩信，因为他与韩信素有交情，关系密切，而且觉得韩信是足以投靠的。但刘邦却嫌恶钟离昧，并扬言要逮捕他。韩信知道刘邦的所想之后，竟打算杀死钟离昧，并把其首级献给刘邦。

辩士蒯通要韩信自封为王，韩信没有，似乎显示了他是有忠诚的品质的，非也。韩信并不是没有背叛刘邦之心。他之所以没有背叛，无非是刘邦给他的待遇和享受还使他满意而已。我以为，并不是由于他忠诚而不背叛。我以为，主要是由于他的欲望得到了满足而没有背叛的。韩信在一个关键之际不背叛刘邦与在别的一个关键之际抛弃钟离昧，其动机是一致的，都是为了自己。在我看起来，韩信有所选择的忠诚，或在表面上的忠诚，掩盖了他内在的奸险，甚至掩盖了他的不道和不义。

在韩信向钟离昧下手的时候，钟离昧自刎了。动刀之前，钟离昧对韩信的结果做了预言，他认为刘邦一定要收拾他。钟离昧还谴责了韩信，其语气是鄙夷的、轻蔑的，他说："公非长者！"

韩信的胯下之举，一直是很有市场的故事。中国人把这个故事绘以为图，演以为戏，并随现代艺术的发生拍摄为电影和电视。我不知道韩信的故事受到广泛宣扬是与之增光还是与之丢脸，也不知道韩信的故事久远流布是中国文化的积极成分还是消极成分，它是起美好作用还是起恶劣作用。总之是，韩信依然活着，而且他的胯下之举竟有了生存哲学的意义。它的启示似乎是：瞧！这个人，他为了实现自己的目的竟能接受一般人难以接受的侮辱。

在中国，韩信显然是一个典范，一个能屈能伸的典范，用以后的业绩洗刷了以前奇耻的典范。 韩信所接受的侮辱，似乎成了他实现其目的的一个铺垫、一个陪衬，甚至是一种升华的动力。

然而，当世故老人摇唇鼓舌大宣韩信的时候，韩信正在地下哭泣。 实际上韩信所受到的精神创伤一直隐隐作痛，如果风寒和雨淋，那么其痛当从隐隐变成明显的刺痛或剧痛。 这是世故老人所不知道的，他们当然也不知道韩信的哭泣。

尽管韩信永恒地幽禁在黄土之中了，但他却固执地关注着黄土以外的世界。 在那黑暗和潮湿的冥府，他以绝顶聪明反思自己的一生。

经过两千年之久的琢磨，他发现中国文化是一个腐蚀和摧残个性的场。 在这里，任何突出的人都将可能受到打击。 打击的铁拳是密集的、持续的，是多方位和多角度的，既来自官方，又来自民间。 铁拳把一波一波优秀的人都砸扁了，并使其他人产生了对打击的恐惧。 于是中国人就变幻自己活着的姿态，总是条件反射似的回避和躲闪，并怯怯地夹着尾巴。 他们不得不呈一个四平八稳之状。 唯有少数人仍保持着一个人固有的血气，在沉默之中呐喊，如司马迁，如李贽，如鲁迅。

我以为，中国人的生存哲学是驳杂的，仿佛一锅以甜克苦、以酸制咸，甚至以毒攻毒的汤药。 那些指导人行为的法则浩瀚若汪洋大海，但它们却自相矛盾。

在我看起来，中国人所运用的种种退守的信条，主要源于老子。 老子何以总结了令人心寒和悚然的经验，永远是一个谜。

不过事实是，中国人多少接受了他的劝诫，在逆来顺受地活着。

我想，之所以韩信能够作为一个典范，大约是因为韩信的胯下之举符合老子的观点吧！ 实际上他以后的飞黄腾达与死于刘邦之手，也为老子的观点做了见证。

韩信遭遇屠夫侮辱的原因是微妙的，我想沿着我的思路核对一下曾经所做的分析。 他出身低贱，依他的家庭背景和社会地位，是属于街上的人，似乎应该混迹于街上，甚至应该是屠夫的朋友。 如果这样，那么街上的人，包括粗暴的屠夫，将不会跟他发生冲突，反而还会跟他勾肩搭背，亲热相处。 但韩信却有意疏离街上的人，因为他要出人头地。 他总是把自己想象为一个将军，喜欢佩着剑走来走去。 母亲逝世了，虽然他没有钱，但他却还坚持把母亲葬在一个高坡以保留一个祭祀母亲的地方。韩信所流露出来的一种超拔之感显然使街上的人恼火，因为街上的人觉得韩信向往的是别的一种生活，对他们有一点鄙夷。 他们甚至认为韩信远走高飞的抱负，就是对他们的摆脱和抛弃。于是他们就讽刺他，挫损他，以致冲出来一个屠夫侮辱他，其目的是使韩信待在街上，待在他们之中。

大约半个世纪之前，一群农民报复一个小伙对一个姑娘的非礼，就抓住他，让他弯腰低头，下跪，并游斗他。 在用种种方法惩罚了这个小伙以后，仍不解恨，便想新的惩罚的方法。 他们从猴子经常做的一些猥亵的动作得到启示，遂狰狞地脱去小伙的裤子，捆绑了他的四肢，之后将他和猴子关在一间房屋，以使猴子抚弄他的生殖器。 结果呢，结果是把他折磨得气息奄奄，几乎丧命。

谁能相信这样的侮辱之举是人的所为，谁能相信人竟野蛮到这样的程度。我必须强调，它不是虚构的故事，它便发生在一个有名有姓的地方，而且我实在不愿意指出它就发生在我的家乡。

这是一个年迈的教师告诉我的故事。在再三怀疑它是否真实之后，我久久忧郁。我看到了人性的黑暗，我为之悄悄地哭了。

侮辱一个人，就是用极端手段捣毁一个人的尊严，以释放自己的怨恨，从而获取一种邪恶的快感。侮辱一个人，似乎出于嫉妒，又不完全出于嫉妒，似乎出于征服，又不完全出于征服。

也许一个人遭遇侮辱，并不是自己造成的，不过在自己身上很可能多少存在着一种侮辱的激发素。侮辱的激发素往往表现为一个人所有的优越感：或出身高贵，或才华炫耀，或气度昂扬，或容貌出众，而且总是有意无意地比他人于卑下之中，拒他人于千里之外，使他人自惭形秽。一个人所有的优越感，会使他人藏在暗中的嫉妒之心和征服之欲发展为侮辱的动力，并通过侮辱有优越感的人，实现自己的心理平衡。这是中国文化的一个毒素，它导致的结果是，劣胜而优汰。

人对人的侮辱，有时候会弥漫为民族对民族的侮辱，也会传染为阶级对阶级的侮辱，甚至还引发性别之间的侮辱。

性别之间的侮辱，主要表现为男性对女性的侮辱，办法是在公众场合脱去女性的衣服，从而伤害之。以这样的办法侮辱女性，在世界很多地方都有，而且过去有，现在还有，是扎根在人类的传统之中的。不过随着人类文明的扩大，随着女性地位的提升，企图侮辱女性的男性也不得不收敛自己，约束自己，因为侮辱女性不但无理无能，而且野蛮。

阶级对阶级的侮辱，主要发生在 20 世纪一个时期，发生在无产阶级对地主阶级和资产阶级的革命以后。 办法是，除了对倒霉的统治阶级做咒骂之外，我所知道的还有剃光头，戴高帽，以唾沫溅脸。

民族对民族的侮辱，似乎总是发生在民族矛盾激烈并容易使用暴力的地方。 一般是在失去理性的情况之下，抹黑信仰，捣毁教堂，甚至男性对女性做集体强奸。 非常遗憾，1999 年，这样的事情还在巴尔干半岛上发生了。

一个人是否会受到侮辱，并不是自己可以决定的，但如何对待侮辱，却由自己决定。 当然，一个人应该尽量智慧地避免侮辱，这一点非常重要。 可有时候，一个人却是无法躲过侮辱的，这便使自己有了一次考验自己的机会：要么接受侮辱，从而得利或残存；要么拒绝侮辱，从而招祸或遇难，这一切将完全由自己决定。

谁都有在两极之间做出自己选择的权利，而且选择的标准是由自己掌握的。 制约选择的主要因素是一个人将如何对待尊严。

著名作家老舍先生在徘徊很久以后，自沉了太平湖。 这是 1966 年 8 月 25 日发生的事情。 两天之前，老舍先生遭遇了难以接受的咒骂和殴打，他不知道这是为什么。 他反复考虑，上下求索，百思不得其解。 他感到世界的肮脏。 他显然已经很厌恶它了，遂决定离开它。

在我看来，老舍先生选择了死，实际上就是选择了尊严。当他感到这个世界不能让人尊严地活着的时候，他认为这样的世界就不值得留恋了，就可以放弃。 也许老舍先生的所想并不这样简单，也许他自沉太平湖的行为，就是他的唯一注释。

韩信之墓在渭河北岸，很多人都看到过它。人说：韩信之墓周围的土地不长五谷，颜色是红的，是血染的土地，土地硬得仿佛石头一般。人说：土地硬得仿佛石头一般，是苍天的抗议，是人类不道不义的印痕。

我是喜欢古迹的，西安周围几百公里之内之外的古迹我几乎都瞻仰了。我以为，走近那些古迹，用手触摸它们，有一种亲近祖先的感觉，甚至有一种拥抱祖先的感觉。然而我一直没有看到过韩信之墓，我对它没有兴趣。

士可杀而不可辱。

汉武帝与甘泉宫的一个瓦片

甘泉宫在黄土高原南缘，空旷澄明，史记其有上帝的气息。久存考察之心，遗憾人生倾侧扰攘，见之我已经到了中年。

不过来得早不如来得巧。时值秋日，夕阳非常好，淳化县铁王乡凉武帝村的农民正在甘泉宫遗址的砖路上收拢他们晒干的玉米，装进麻袋，以结束一天的工作，要回家休息。天大横云，地阔列山，从而广袤空明，风过不睹其形，鸟飞不闻其声，似乎是在为一个夜降星出的仪式做准备。

甘泉宫属于汉皇家建筑体系，周回近乎二十里，殿堂台观数百所，大有浩荡之势。宋人程大昌认为，其去长安三百里，不过登高极目，长安城墙的雉堞会隐隐在望。可惜我后生，不能景仰当年的巍峨与华丽。2009 年 10 月 23 日逼近黄昏之际的甘泉宫，一片废墟，蓬蒿肃然。唯有一头残损的石狮，两座颓断的通天台，无以计数的埋入田野的破碎瓦片。

汉武帝在皇帝位五十四年，尝居甘泉宫几十次。总是五月往，八月返，以避长安之暑。汉武帝在这里进行性爱活动和狩猎娱乐，也接见诸侯，会晤藩夷，处理军国大事，但他极为倾心的却是大敬鬼神，招致仙人。汉武帝元封二年就是公元前109年，起通天台以祭太一神。资料显示，当时有八岁童女三百，在通天台上载歌载舞，到了晚上，忽然有流星飞过，侍祀之人无不惊异。汉武帝在竹宫望祭，以为是仙人下凡，遂命点燃烽火作礼而拜。

颜师古有注曰：“通天台者，言此台高，上通于天。”那么到底台高多少呢？史记台高三十余丈，云雨悉飘其下，身临其境，可以远眺长安。不过现在它只剩下十六米了，为圆锥形，是夯筑所成。有白灰黄沙掺入土中，坚固顽强，抵抗着岁月的剥蚀。我从东边的通天台走下来，攀上西边的通天台，又从西边的通天台走上东边的通天台，问汉武帝为什么如此信仰鬼神？晚霞绚烂，暮霭风掠，几百里台地向南绵延倾斜，以到咸阳，再到长安，缓冲秦岭。

刘彻是一个有历史影响的皇帝，其选拔董仲舒，独尊儒术，击匈奴，扩大中国版图，通西域，展开世界贸易，无不体现了雄才大略。然而他也有软肋或亡命之穴，遂为方士控制。方士控制汉武帝，并非以权力，是以思想。如果思想也属于权力，那么方士便是以思想的权力控制了汉武帝。谚语云：卒想吏，吏想官，官想做皇帝，皇帝想成仙。世界上权力最大的人就是皇帝了，普天之下，莫非王土，辖区之内，艳遇尽猎，作威作福，山呼万岁。但有一点却使皇帝难受：日子如此之妙，竟过一天减一天，不能永远享用。皇帝遂想长生不死，从始皇帝到末代皇帝都是这样，汉武帝更是这样。实际上不死之心在中国根深蒂固。秦尤其是汉，好在物品上镂刻长生无极或长生未央的美言，其表达的就是不死的愿望。我在瓦甓上和铜镜上都见过如是吉语。不只是皇帝，黎庶百姓谁无不死之心呢？道家就致力于不死的研究，方士有传播仙山和仙迹的能力。方士当然也有一些养性长生的建议，而且似乎是见效的，于是皇帝就多为方士所洗脑，任凭其摆布了。汉武帝就是这样。

大约二十四岁那年，方士李少君蒙混了汉武帝。其自谓有不食五谷的却老之术，并以机巧为他制造光芒，赢得了汉武帝的信任。在一次宴饮之间，有老者九十余岁，李少君竟宣称他与老者的祖父曾经在某地打猎，恰恰老者小时候随自己的祖父有同行的经历，知道某地，从而满座诧异，声誉鹊起，并引得汉武帝的召见。汉武帝有一件过去的铜器，想考一考李少君，便问是否认识，其淡然回答：此铜器齐桓公十年在柏寝台陈列着。验证铭文，果然，遂满堂惊骇。李少君就这样以机巧为自己创作了一个幻象，汉武帝及其左右都以为他是仙人，足有几百岁。其展翅而飞，吹嘘他尝云游海上，见过出入蓬莱的安期生，这个仙人还拿着瓜大的枣子给他吃。汉武帝为李少君所征服，按其所示，以朱砂冶炼黄金，以黄金碗碟用餐，盼能交往蓬莱仙人，终于像黄帝一样不死升天。仙人之想十分强烈，汉武帝便慷慨赠送财物给方士，遣其到海上寻找安期生一类的仙人。以后李少君死了，汉武帝以为其化身而去，遂继续寻找仙人。

北方有美人，足以倾国倾城，汉武帝得之，为李夫人。可惜李夫人青春夭折，其不胜悲痛，思而念之。方士少翁设帐以投影之技映出美人，恍惚之中，汉武帝见其态袅袅。灯闪烛晕，气氛诡谲，汉武帝宁以为真，多少满足了他的思念，不禁沉吟：“是邪，非邪？立而望之，偏何姗姗其来迟！”少翁招魂有功，得赏，成为文成将军。汉武帝便按文成将军的指点，在殿堂和其他用具上画云气以驱鬼，在甘泉宫的台室里绘众神以示敬，然而仙人不至。少翁道术有限，便生劣计，让牛咽下帛书，做先知先觉之势说：牛腹有文章。杀牛取出帛书，发现是造假，汉武帝恼怒至极，便灭了少翁。事不光荣，汉武帝也就把它隐瞒起来。仙人之欲，仍在涌动。

于是方士栾大就到了汉武帝的旁边，其煽惑黄金可成，不死之药可得，仙人可招。栾大还做了一个试验，通过磁力作用，使棋子在棋盘上相互搏击。汉武帝看得入迷，极为抬举，封其为五利将军、乐通侯，还以卫皇后所生的女儿嫁之。栾大在晚上诡秘作祀，然而仙人不至。栾大害怕技穷暴露，便谎报要见其师，整装走海上。汉武帝遣使暗中追随，发现栾大并未去海上，更没有得到什么仙人，才判断栾大见其师为诈，遂斩了栾大。这一年汉武帝四十四岁，其仙人之意不但未摧，而且求之更急。

于是方士公孙卿就操纵了汉武帝，而且摆脱不了。

方士多少都有一种天赋，知道怎么控制人。人的想望和欲念，即使正常的，也会转化为他们的把柄。他们会揣摩人的心理，肯定人之所求，对所求进行夸张并妙化，并为想望和欲念的实现绘制路线图和进度表。一旦人如汉武帝进入方士的轨道，他便成了精神俘虏，不得不由方士指挥。

汉武帝对方士的花招早就应该识破。李少君未现原形是因为他死了，但少翁和栾大却是自己失手的，汉武帝不能不知道这些，而且有理由断绝成仙之路，然而他没有。弗洛伊德发现人有三个弱点，一是趋利避害，二是趋乐避苦，三是趋生避死。汉武帝权势弥天覆地，害能避，苦能避，唯有避死乏术。似乎有黄帝成仙升天的榜样，然而究竟如何，情况也是方士所提供的。对于一个仙人之想迫切的天子，君主，显然只能信其有，不能信其无，否则便彻底幻灭。幻灭将深受打击，汉武帝不愿意。尽管汉武帝知道方士有骗，然而他对方士仍抱希望，因为甩掉了方士，就是放弃了成仙升天的想望和欲念。当然，李少君的表演，也给他留了一个憧憬的空间。何况方士了解人的心理，了解汉武帝的心理，总有办法让人跟着他们走。那么汉武帝是怎么随公孙卿走的呢?

公孙卿建议他应该像黄帝一样封禅泰山。登泰山封禅，就可以变为仙人。自古以来，封禅七十二王，只有黄帝是登泰山封禅的，极力鼓动汉武帝效仿黄帝。公孙卿还告诉汉武帝，黄帝铸鼎以后，有龙垂下胡须接黄帝升天，群臣和嫔妃也从龙而上。汉武帝很是羡慕，说:“嗟乎！吾诚得如黄帝，吾视去妻子如脱履耳。”遂拜公孙卿为郎。

遵汉武帝之命，公孙卿在河南等待仙人，并报告自己发现了仙人的踪影。汉武帝便欣然往缑氏城去，想看一看，不过略存狐疑，怕公孙卿像少翁和栾大一样有诈。公孙卿便诓汉武帝，鬼神之事迂阔而近乎荒诞，不成年累月无以招致仙人。公孙卿显然在明目张胆地欺哄汉武帝了，然而人一旦为一种意识所操纵，他便难以觉悟。现在的汉武帝便进入了迷惘状态而不得清醒，遂只有跟着方士转了。

在公孙卿的怂恿之下，汉武帝封禅泰山。其初登泰山四十六岁，最后一次登泰山已经六十七岁，垂垂老矣。他一生共上泰山七次，足见汉武帝的意志。他封禅泰山旨在天下平安富裕，不过这是表面的，冠冕堂皇，庄严正大，其隐秘的目的当是盼能像黄帝一样长生不死，化身升天。

到了泰山，便要东行海上，以期会一会仙人。汉武帝一生海上之游有七次，是抱了很大希望的，然而仙人不至。有一次，公孙卿报告仙人在夜间出现，其身高数丈，不过靠近他便忽然消逝，只留下巨大的脚印。汉武帝看了看，仿佛是脚印，然而他仍生狐疑。一个朝臣证明有老翁拉着狗刚刚过去，汉武帝遂转而相信有仙人，也蓦地兴奋起来。他竟动员数千方士四下寻找，自己也留海边，翘首等待消息。还有一次，汉武帝站在海岸久望蓬莱，盼能看到仙山的琼瑶之境。

仙人邈远，迟迟不能招致，汉武帝难免沮丧，也很焦急。公孙卿开导他要持之以恒，日久仙人一定会出现，并说："仙人好楼居。"汉武帝遂在长安修建蜚廉观桂观，在甘泉宫一带做益延寿观，并筑了两个伟大的通天台。尽管有童女三百在通天台上呼唤，然而仙人终于不至。足有二十四年，一个又一个一茬又一茬的方士，他们关于仙人的消息一直没有效验，这使汉武帝渐渐感到厌恶。不过他难以拒绝方士，更不能彻底拒绝，永远拒绝，因为他毕竟保留着一点希望：也许会遇仙人，从而长生不死。如是所想，直到他在终南五柞宫逝世。

很是奇怪，汉武帝不仅仅有求仙人，也有求别的鬼神。尝有年轻母亲由于儿子死了，自己也忧郁地死了，但她却在妯娌宛若身上显灵，宛若便把她供奉起来，公卿贵妇多祭之。汉武帝登极，以为她是神君，先把她请到宫内，后又把她安置于上林苑蹄氏观。秦故都雍城有五畤，是古者祀五帝的固定处所，汉武帝从二十四岁开始祭之，以后每隔三年祭一次。有大臣上奏太一神为众神中最尊贵的，应当祀之，汉武帝便在长安东南立庙，祭太一神，并造八方通行的台阶作为鬼道。有一年汉武帝在鼎湖宫病了，用药效弱，他便接受进言，把一个巫师召到甘泉宫祀之，相信鬼神可以依附巫师，从而能使他恢复健康。巧合病愈，但他却以为是神君使然，遂营寿宫供奉神君。汉武帝也在汾阳立后土祠，在甘泉一带立泰畤。汉武帝四十六岁那年巡桥山，还祭了黄帝。然而他最敬仰的终于是仙人。

汉甘泉宫是秦林光宫的修缮和扩充。不过这个地方曾经有黄帝领导之下的云阳氏生息于斯，并做云阳宫。三代夏商周，咸有继承，并设云阳国或云阳邑。秦孝公改革以后，在斯设云阳县，遂多少增加了烟火气息。这里天高地远，立足于任何一点，皆有临下之感。不过我产生感应的是关于黄帝在这里的活动。文献显示：黄帝曾经于斯治明廷，这里尤其为“黄帝以来圜丘祭天处。”如是悠远的信息，在这个秋日的黄昏，给了我无穷无尽的想象。

我捡了一块有麻纹的瓦片，要带回我的窑门堡。甘泉宫及其这个瓦片显然蕴藏着中华民族的一些秘密。我反复在问：黄帝以来为什么要选此地祭天，敬鬼神，或招致仙人呢？

司马迁之残与苏格拉底之死

惩罚一个人，办法是毁坏他的生殖器，此之谓宫刑。司马迁是被处以宫刑的，之后他脚踩大陆，只是身已经废。惩罚一个人，办法是剥夺他的生存权，此之谓极刑。苏格拉底是被处以极刑的，但他却可以选择自杀，遂饮鸩而亡了。

这两个人一个在东方，一个在西方，不但距离大大错开着，而且有时间的差别。不过我以为，司马迁与苏格拉底实际上有紧密的联系。他们都属于人类，都从事文化工作，重要的是，他们都因为言论致罪，并受到镇压。

我把这两个人苦心孤诣地联系在一起，目的是要比较他们，以显示各自的特色。司马迁与苏格拉底显然有很大的不同，不过混沌的历史一向遮蔽了他们的面目，从而难以发现其内在的本质和意义。

寻找司马迁与苏格拉底的不同，当然需要把他们从渺茫的岁月邀请出来，让他们站在 1999 年的阳光之下。我以为这是上帝的旨意，我感到一种兴奋。

尽管司马迁做文化工作，并终于成为思想家和文学家，不过在当时，他的身份是汉政府的官员，职务为太史令。这个职务并不高，大约相当于现在的县团级，可它却很有一些特权。他围绕在汉武帝周围，必要的时候，须跟随元首外出封禅或视察，以记录元首的活动。他还可以进入汉帝国的图书馆，阅读绝密一级的档案与典籍。

他是汉武帝身边的人，是为伟大元首服务的，也许他应该感到荣幸。不过汉武帝喜欢翻脸，缺乏虚怀，使他伴君如伴虎。他的心里是紧张的，甚至诚惶诚恐。实际上处于这种状态的人非司马迁一个，其同僚几乎都战战兢兢，只是为生存计，他们学会了察言观色，一味迎合。司马迁当然是希望能够融入汉政府的氛围的，然而生存的技巧与做人的良知一直发生矛盾，他无法做到口是心非。

司马迁是渭河北岸人，此地土硬，甚至此地飘动的云烟都有一种骨质，何况司马迁。问题是处于集权统治的体制之中，汉武帝极其专制，如果司马迁不收敛自己和压抑自己，那么他迟早是会惹祸的。

那是公元前 99 年在未央宫举行的一次会议上，由于李陵投降了匈奴，汉武帝大发其火。李陵所做的事情，显然使汉武帝难堪，仿佛一个人提着破砖，在未央宫的魏阙上狠狠地砸了一下，损害了汉帝国元首的尊严。汉武帝训斥着，并借着训斥喷吐他的怨气。

愤怒而沮丧的汉武帝吓坏了文武大臣，他们跪在地上，有气无声，唯恐冒犯元首。他们知道，此时此刻，稍稍不慎将会生出麻烦。不过他们的运气还好，因为汉武帝训斥了一阵之后便停了下来。他想听听大臣的意见，遂让他们发言。大臣了解汉武帝，于是他们就一律指责。他们不分析，不推敲，只是狠狠地指责李陵。有的说，李陵没有牺牲在前线是懦夫；有的说，李陵变节是卑鄙；有的说，李陵辜负了汉武帝的信任，随之唾沫四溅，酝酿其罪。那些大臣的态度完全符合元首的意向，显然准确地挠在了痒处。元首渐渐平和了，甚至露出一种舒服之感。

大约在这时候，汉武帝看见了司马迁。司马迁是不够资格发言的，不过他是太史令，耳闻目睹着汉武帝的决策与行动，是可以出席会议的。不清楚出于什么动机，汉武帝突然点名司马迁，要听听他的观点。

汉武帝在秋季下令汉军进攻匈奴，司马迁是知道的，汉武帝这次军事行动的战略部署，司马迁也是知道的。他知道汉武帝让李广利率兵三万出酒泉郡，到天山一带去袭击匈奴。汉武帝习惯的做法是，要让外戚掌握军权，并总是为外戚创造条件，使其立功。在霍去病和卫青逝世之后，汉武帝便一直扶持李广利。李广利是李夫人之兄，李夫人那几年恰恰很得汉武帝的宠爱。汉武帝显然希望李广利能在天山一带旗开得胜，立功晋升，但李广利却陷入了匈奴的包围之中。其苦苦挣扎，才得以逃脱。逃脱所付出的代价是，汉军十有六七而亡。

为配合李广利，汉武帝下令三路人马在大漠游弋，敌疲我打，敌进我退。一路是公孙敖和路博得，他们将在涿涂山会合袭击匈奴，可惜不遂。一路是成娩，他倒是遭遇了匈奴，只是小小交锋，自己便撤退了。一路是李陵，他率兵五千，可五千人马却受到了数万匈奴的围迫与堵截，当然是一场激战。

当时匈奴仿佛冲决堤岸的大水，浩浩荡荡地向李陵席卷而来。李陵且战且走，并战几百回合。汉军之箭矢雨一般密集，匈奴一茬一茬地倒伏着。不过汉军也在减少，汉军之箭矢也在减少。当箭矢用完而汉军仅仅剩下三千人马的时候，李陵下令他们砸碎车辆，以车轴车辕做武器格斗。不幸的是，汉军孤单，一直处于匈奴的剿灭之中，猛追之下。实在无可奈何了，李陵便要大家各自谋生，能返回边境的，便向元首汇报情况。他吩咐大家倒置旌旗，埋藏珍宝。在把最后一点干粮和冰块平均发放之后，他带领十几个壮士冲锋在前，欲杀出一条活路。夜雾之中，汉军的吼声像猛兽一样咆哮。遗憾的是，匈奴竟紧紧跟随着他，并终于抓住了李陵。他想，这便无颜拜见元首了，遂投降匈奴。

李陵与司马迁过去没有什么交往，不饮酒而聚，不入室而晤。不过根据司马迁观察，他觉得李陵有国士之风。他认为李陵投降匈奴是形势所迫，如果有机会，那么其会报答汉帝国的。鉴于这种基本把握，司马迁十分反感汉政府那些墙倒众人推的家伙。汉武帝要听听他的观点，他就直率地说：

> 陵事亲孝，与士信，常奋不顾身以殉国家之急。其素所畜积也，有国士之风。今举事一不幸，全躯保妻子之臣随而媒蘖其短，诚可痛也！且陵提步卒不满五千，深鞣戎马之地，抑数万之师，虏救死扶伤不暇，悉举引弓之民共攻围之。转斗千里，矢尽道穷，士张空拳，冒白刃，北首争死敌，得人之死力，虽古名将不过也。身虽陷败，然其所摧败亦足暴于天下。彼之不死，宜欲得当以报汉也。

司马迁多少有言外之意。不过这是应汉武帝质询所发，它除了司马迁真实的思想之外，并没有对元首丝毫的冒犯。司马迁认为，他必须忠诚于君主，此乃一贯的作风。

在司马迁发言的时候，汉武帝歪着脑袋，睨着眼睛，完全是一副引蛇出洞的样子，而且用牙咬着冷笑。司马迁的发言刚刚结束，他便正襟危坐。他一针见血地指出，司马迁是为李陵辩护，并贬低李广利。汉武帝怎么能容忍司马迁这样的态度！他特别难以容忍司马迁隐隐一闪地对着他的锋芒。骤然而起的怒气，立即扩张了他所有的血管，甚至怒气横冲直撞，要从他全身的毛孔喷射出来。他抡着胳膊，大喝腰斩。司马迁还在惊诧之中，便有几个人扑过去绑架了他，随之把他关进了监狱。

苏格拉底是一个十足的哲学家，当然属于做文化工作的，但他的生活却是纯粹的知识分子的生活。父亲是一个石匠，为他多少留下了一笔财产，不过其财产似乎并不丰厚，否则他的妻子就不会为人洗衣，抚养孩子。在雅典，苏格拉底既不务弄什么营生，又不参与公共事务。他显然是把所有的时间都用于考虑问题和讨论问题之上了。他的种种问题，除了人的精神存在之外，实际上几乎没有涉及什么世俗事务的。

他确实是一个异常的人。异常的人要么是疯子，要么是天才。苏格拉底的异常表现于，他几乎天天出现在体育馆和贸易站，或是徘徊在街头巷尾，招引行人，并向他们提出一些荒诞的问题要其回答，之后反驳之，并做自己的解释。他甚至会拉住任何一个匆匆而过的行人，要跟其随便聊聊，不过他要随便聊聊的，无不是高深的问题。他是一个天才，可他古怪的举止，却使行人觉得他像疯子。

他富于个性的生活方式，使他成了一个家喻户晓的人。雅典的公民几乎都知道在他们所生活的城邦有一个苏格拉底，而且他们喜欢传播其观点。他简直是一个思想的发源地或输出地，甚至希腊其他城邦的青年会到雅典来拜他为师，且为师并不要报酬。

希腊的英明在于，它建筑了一个民主的体制。在那里，言论是自由的，并以言论的自由保障着思想的交流。作为希腊的一个哲学家，苏格拉底承前启后，对自然科学与形而上学的探索奠定了基础。他还有一个可以骄傲的弟子，便是柏拉图。

但公元前 399 年的春天，却有几个人合伙起诉他，这使他面临着一场灾难。那几个人都是雅典议会的，代表艺术家或政治家，有的代表生意人和手艺人。其中有一个阿奈特斯，是手艺人的代表，对苏格拉底的态度很是激烈。那几个人指控他腐蚀青年，不让青年信仰希腊及其雅典所一直信仰的神灵，反之，信仰新的精神存在；还指控他教唆青年诬蔑希腊及其雅典的种种制度，使他们强暴起来；还指控他把荷马的诗歌解释为荷马是赞成呵斥普通人的。他们舞笔弄墨，摇唇鼓舌，要雅典陪审团以死罪判处苏格拉底。

杜周在汉政府主持司法工作，他处理案件所遵循的原则是照汉武帝的指示办。汉武帝想赦免谁，他便会发现谁已经悔悟或是清白的。汉武帝想铲除谁，他便能依法编织大罪以致其死。他认为法不是不变，因为汉武帝的意志为法，于是汉武帝要怎么办，法就怎么变。这家伙看起来木木讷讷，但实际上却有心计，而且极其刻毒。

司马迁到了这样一些人手里，当然会遭到逼供，可惜汉政府没有留下拷问司马迁的任何记录。我只知道司法机构给司马迁的定性为诬罔，便是为李陵辩护，贬低李广利。依汉政府的规定，诬罔当然是死罪。事情很清楚，汉武帝粗暴地画了一条线，主持司法工作的那些人便拿自己的笔，沿着汉武帝所画的线认认真真地描了一下，遂使判处有了程序。这当然是虚伪的一个程序。

几年以后，司马迁告诉他的朋友任安，他在未央宫的会议上之所以积极评价李陵，并对李陵抱有厚望，无不是为了宽慰汉武帝。他倾诉：汉军的失败和李陵的投降，使汉武帝心情不好，他盼自己对李陵的估量能启发汉武帝，并使他的心情好起来。

司马迁所告诉朋友任安的，是否属于他真实的思想，还需要研究。如果它是真实的，甚至它仅仅是司马迁自己的一种解释，那么他也可以根据它为自己开脱，以求宽大裁决。遗憾的是，他根本就没有说话的权利，其自始至终没有为自己说话。也许他知道，说话只能增加自己的灾难。

司马迁同僚济济，不过竟没有一个人为其辩护一下。这些人回避在各自的角落，屏气吞声，不做反应，甚至还要恶劣地举起拳头对司马迁吆喝几下。那个著名的人物东方朔，平常凭他的油嘴滑舌在汉政府游刃有余，一副机智之相，何况其有的是规劝汉武帝的经历。然而这一次，在需要为一个文化人帮忙的时候，他不见了。

请原谅我，我有一点激动，并由于激动从而苛求公元前99年的东方朔先生了。不过冷静考虑，我还是能够理解司马迁的同僚的，也能够理解东方朔。问：如果我在汉政府工作，那么我会为司马迁辩护么？答：未必会，因为辩护的传统在中国古即无之。倘若辩护，那么辩护不但无用，而且集权统治的铁拳将一下打掉我的牙齿，甚至将打断我的脊梁，或把我流放在充满歧视与仇视的一个社区，折磨我的灵魂，使我在沉默之中忍耐和灭亡。实际上司马迁就是为李陵辩护惹祸的，如果谁为司马迁辩护，那么他无非是重复了一遍司马迁惹祸的过程而已。悲哀啊，悲哀！

汉政府当然也不是专制得没有一点缝隙的，它为判处死罪的人还是留下了两条活路，一条是缴纳罚金的活路，一条是宫刑的活路。司马迁在汉政府工作，相当于现在的县团级，可惜他不会敛财，竟拿不出赎其生命的五十万钱。他是暗讽汉武帝获罪的，由于害怕受到株连，亲戚都不敢资助他，甚至不敢到监狱去探望他。可怜的司马迁，他待在监狱苦苦思索，思索得一身冷汗。他是不想丧命的，不想丧命便只能接受宫刑。他知道，别的活路是没有了。悲哀啊，悲哀！

但苏格拉底走向法庭的时候，却能表现得不慌不忙，而且他还打算对陪审团传播自己的观点，这当然是基于其对希腊民主的了解。雅典的司法机构是允许被告为自己辩护的，也允许其他人为被告辩护，以求得审判的透明和公正。苏格拉底的弟子已经做好了辩护的准备，并一再建议先生准备材料，以通过其精彩的辩护说服陪审团，使指控不能得逞。然而苏格拉底不但拒绝自己辩护，也劝阻弟子为他辩护。他唯一的计划是要利用辩护的机会进行演讲。苏格拉底就是苏格拉底，仅仅这样一种选择，便活现了他的个性。

在法庭上，苏格拉底按自己所计划的在宣扬自己的思想。他告诉陪审团：他在雅典到处走动，是希望人不要只照顾自己的肉体，因为肉体并不重要。灵魂才是重要的，人要爱护灵魂。他骄傲地说：没有谁像他这样不是自己肉体的奴隶。他还放诞地说：他有自己的神灵保佑，他的神灵认为没有谁比苏格拉底更聪明、更自由，或更谨慎了。 而且他的神灵经常在指导他，这使他的行为没有一次是错误的。 如是观点，使陪审团感到十分奇怪，他们惊诧苏格拉底的猖狂，纷纷议论，一片哗然。 这种气氛对苏格拉底显然是有害的，但他却并不在乎。

他的弟子为苏格拉底担忧至极，并尽力为其辩护，以拯救自己的先生。 他们告诉陪审团：苏格拉底是不问政治的。 他们说：苏格拉底并没有认为可以呵斥普通人，而且他就是普通人的一分子。 他们还说：苏格拉底始终不以教诲学生收取报酬，是高尚的人。 不过苏格拉底不但没有为自己辩护，而且一再反对弟子的辩护。 总之，在法庭上为苏格拉底所做的辩护显然是不充分的，充分的应该是他的演讲及其所展示的风度。

问题是，苏格拉底受到指控的，究竟只是他的言论。 陪审团很清楚，在雅典，人的言论是自由的。 如果仅仅由于言论判处苏格拉底死罪，那么这显然是荒唐的，因为他并没有什么违法的行为，也没有任何具体的亵渎神灵的行为，当然也没有破坏和颠覆社会制度的行为。

陪审团知道雅典的民主传统，而且他们对苏格拉底怀有一定的同情，遂在磋商之后提出：如果苏格拉底摒弃大放厥词的陋习，不用他的问题纠缠行人，那么就赦免之。 但陪审团的建议却遭到拒绝，苏格拉底说：这不可以！ 他强调：只要他的良知还让自己继续向前，其将永远要传播真理。 我不知道是希腊文化导致了像苏格拉底这样一种人的性格，还是像苏格拉底这样一种人的性格造就了希腊的文化！

雅典的司法机构遂按其既定程序进行，由陪审团投票表决苏格拉底是否有罪。陪审团有五百人，是社会各界的代表。如果一半以上的人认为有罪，那么就是有罪，之后量刑。如果一半以上的人认为无罪，那么就是无罪，之后当然是释放。倘若认为有罪的票数与认为无罪的票数相等，那么司法机构将会选择有利于被告的办法解决。我不知道他们怎么发明了这样一种人道的方式，不过我不能不佩服公元前399年的希腊人。

投票的结果是，以二百八十票对二百二十票表决苏格拉底有罪。这显然是不幸的，并急坏了弟子们，他们请求苏格拉底做出努力，争取免予死罪。然而苏格拉底仍是一副满不在乎的样子。他根本不承认自己有罪，也拒绝了弟子提出的一些合理建议，这使弟子很是埋怨他。

怎么惩罚苏格拉底，让陪审团真的为难，为难在他们是因为言论而判处了一个人有罪，这显然违反了希腊的制度。但苏格拉底却有一点得意，甚至大不咧咧地要求这样惩罚他：干脆宣布他是一个英雄，并从宣布之日起，由雅典市政府免费供他一日三餐。市政府有免费吃饭的制度，不过能享受它的，仅仅是奥林匹克运动会的优秀运动员和为保卫希腊立功的人，还有外国使节和在市政府值班的人。苏格拉底实际上是在玩他的幽默，只是他的幽默有一点过分了，这使陪审团感到了一种戏弄和讽刺，其难免生气。苏格拉底也觉察了陪审团情绪的变化，并感到了他的幽默玩的不是地方，遂提出收回自己宣布的惩罚办法，随之建议陪审团这样做：能否让他交纳一个货币单位的钱作罚金，从而了结之。陪审团很清楚，这不过是苏格拉底一个新的幽默而已，于是他们就投票表决怎么量刑。结果是，以三百六十票对二百四十票同意判处苏格拉底以死罪。

这个七十二岁的智者准备潇洒走一回。在告别法庭的时候，他坦然地说：如果还有一个世界，那么他将在那里会晤伟大的人，而且这是自己向往的一种享受。他挥了挥手，昂然而去。

司马迁当然明白宫刑是让人耻辱的。他清醒地认为：祸莫憯于欲利，悲莫痛于伤心，行莫丑于辱先，诟莫大于宫刑。他知道宫刑之后声音将变细，胡子将消失，男子的雄壮将削弱，甚至荡然无存近乎女。司马迁知道孔子在卫国所经历的一件事情及孔子的态度。有一天，卫灵公携夫人乘车出行，竟让宦官雍渠陪坐身边，让孔子乘车尾随。孔子觉得蒙羞，遂立即别卫国而去。

宫刑啊宫刑！宫刑会使人尊严殆尽，依习惯，没有谁会真诚地敬重一个接受宫刑的人。所谓刑不上大夫，实际上是指一个文化人的气节是不能不勉励的。但司马迁却打算接受宫刑。这样做不是要放弃气节吗？那些奴才与婢女有时候都会保持气节，难道他认为气节不重要么？气节在他是可以轻易放弃么？不！

司马迁处污秽之中，隐忍苟活，当然是为了实现他的理想。其理想是继承父亲的，而且他曾经对父亲做了实现它的承诺。他的理想是要写作一部大书，其内容将包罗社会生活的各个方面，始于黄帝，止于汉武帝。为此，他一直在进行调查和分析。他要研究天与人的关系，了解从古到今的发展，并将形成自己独立的思想。在司法机构开始惩罚他的时候，这个工作还没有完成。不过他决定将带着宫刑的耻辱完成它，他发誓。司马迁之所以能够选择这样的生存状态，是基于一个深刻的考虑，他认为光荣的建树是会抵消耻辱的。他相信结局将是如此，他相信。

司马迁对死有自己卓越的见解。他告诉朋友任安：人固有一死，死，或重于泰山，或轻于鸿毛。他觉得，像他这样一个太史令，一个相当于现在的县团级的干部是平庸至极的。他的死将仿佛一只爬行的蝼蚁之死一样，没有意义，无声无息，甚至他的死将不会使人感到是为气节而死的。事实是，他的死将使人感到，是由于其诬罔而不得不死。不过如果他完成了自己的工作，写作了一部大书，那么他的死便不会苍白一片，默默无闻，也许他的死还将会受到子子孙孙的颂扬。他在监狱暗下决心，一定要活着，要咬牙活着。

那么司马迁到底怕死吗？实际上他是既不怕死，也不怕活着的。不怕活着的思想是中国人富于特色的思想，有一个著名的挽联便显示了这样的思想，其上联曰：追求民主追求科学过了四五还有五四，下联曰：热爱光明热爱自由不怕活着何惧死亡。这是容堂先生在1976年所撰的一个挽联，当时我十六岁，不过我一直都记着了它，仿佛是我所撰的一样一直记着，因为它给了我以深远的影响。

雅典司法机构对犯了死罪的人，通常提供两个方案让其选择，一个是交纳罚金，一个是流放。包括柏拉图在内，有几个弟子积极筹措，并将拿出足够的罚金拯救苏格拉底。但苏格拉底却不愿意交纳罚金，也不愿意接受流放。苏格拉底认为，他选择任何一个使自己活着的方案，实际上都是承认自己有罪。他觉得，为了活着，承认自己有罪便是耻辱，耻辱地活着，显然是没有什么价值的。

但苏格拉底的弟子却坚决反对先生轻易放弃生命，他们一直在设法拯救。有一个弟子甚至跑到牢房去告诉先生，他已经买通了帮助他越狱的人，也买通了准备接应他的人，而且管道极其安全，只等他同意越狱。这些弟子的忠诚是感天动地的，可苏格拉底却不为所动。他居然拒绝了所有生的方案，这让弟子很是伤心。

苏格拉底显然是准备了要死的。毫无疑问，这基于他对死的理解。他认为：一个真正的哲学家研究的并没有别的问题，唯死而已。哲学家对死的降临感到惶恐，或逃离死的追踪，是十分荒谬的。他告诉弟子：死是哲学家最后和最重要的自我实现，是求之不得的，因为死打开了知识的大门。他说：肉体是灵魂的坟墓，但死却能把灵魂从它的坟墓之中解放出来，并使灵魂进入一个光明的境界。他神秘地告诉弟子：人死了，痛苦和欢乐便不打扰灵魂了，这是灵魂的需要。灵魂是希望摆脱肉体控制的，以实现自己的独立存在。

在一个风雨如晦的日子，这个认为灵魂重于生命的哲学家在雅典一座监狱饮鸩自杀了。根据他的想象，其灵魂大约飞到了云层之上。云层之上，天空是蔚蓝的，阳光将像五月的花香一样任意散发和飘游。云层之上，是高贵灵魂的聚会之处，苏格拉底应该见到了他所敬慕的伟大的人。

恰恰在苏格拉底饮鸩自杀三百年之后的一天中午，汉政府的几个行刑高手用一些原始的器械捣鼓司马迁的生殖器。司马迁闭着眼睛，什么都不看。在一片漆黑之中，他任凭行刑高手摘除他的过错。但剧痛却像锥子似的一下撬开了他的嘴，凄厉的声音像鹰一样射出咽喉在长安横冲直撞。这个年近四十的汉子的声音显然太尖锐，太恐怖，竟震落了一屋瓦片，三树槐叶，还把六条走狗吓昏了，并使九个孕妇当下流产。那天，长安的阳光仿佛红绸绿缎一样挂满了大街小巷，一些富户门前的石狮忽然耸起脖子，得意地唱着歌。当然最荒诞最诡秘的还是几条蛇，不知道它们从哪里爬出来，一律蜕掉身上的皮，挺立着嘿然而笑。

苏格拉底与司马迁从各自的价值观出发，走上了各自要走的路，并完成了自己。他们都没有随其死而一去不复返，相反，他们完成自己之日，便是影响人类之时。我的意思是，由于他们皆以言论致罪，并遭到惩罚，尤其由于他们超尘拔俗的取舍与结果，对人类产生了深远的影响。

苏格拉底故乡的人，一直为哲学家之死耿耿于怀。他们认为，对苏格拉底判处死罪是希腊民主的污点，而且是永远不能清洗的一个污点。他们颂扬苏格拉底是为言论自由殉道的，是一位圣贤。我不知道是文化导致了他们的性格，还是他们的性格造就了他们的文化，不过在那里，似乎他们的性格与其文化是互为形式的。

司马迁故乡的人，对司马迁之残的反思显得潦草，甚至有一点心不在焉。他们似乎只是把司马迁的大书当作一堆丰富的完成自己论文的资料，这些论文是晋升职称的需要，或是取得博士学位的需要。他们在使用了那些资料以后，当然也会感叹司马迁的伟大，但他们所感叹的伟大，却无非是一个思想家和文学家而已。他们喜欢注释司马迁作为思想家的历史记录，研究司马迁作为文学家的写作技巧。他们戴着眼镜，摇头晃脑，一副很有知识的样子。遗憾的是，他们没有足够地注意司马迁作为个体的生命是多么悲哀，也没有分析司马迁作为一个文化人的行为是多么壮烈，也没有追寻司马迁破碎的灵魂失落在哪里！ 他们的思维缺乏力度和宽度，他们的思维甚至是麻木或半麻木的，疲软或半疲软的。 司马迁之残仿佛一点雨掉在海洋里，一棵草长在森林里，一盏灯熄在黑暗里。 我不知道是文化导致了他们的性格，还是他们的性格造就了他们的文化，不过在这里，似乎他们的性格与文化是互为形式的。 我感到悲哀。 悲哀啊，悲哀！

在人类社会的开始，这个开始当然是在社会的初创之时，言论自由大约不是什么问题。 那时候，自然界对人类的威胁是巨大的，一棋不慎，便有亡命之灾。 人类必须真正联合起来，才能对付自然界的险恶。 在这样一个阶段，言论自由是人类生存和发展的基本条件。 由于没有一部分人剥削和压迫别的一部分人的经济基础，从而便没有一部分人控制别的一部分人的思想的必要。 不过随着社会财富的增加，一部分人遂萌动了巧取豪夺别的一部分人利益的欲望，并进行占有。

言论自由的问题，显然是在这样一个背景之下产生的：一部分人发现了奴役别的一部分人的必要。 问题是，奴役所导致的不公正与不平等，将注定会遭到反抗，于是一部分人就要对别的一部分人采取措施，他们除了制造镇压的机器之外，还要控制思想，其具体办法就是限制并取消言论自由。

不过言论自由属于天赋人权，而且事实是，你要取消言论自由，我便要争取言论自由。 这是一场斗争，取消言论自由与争取言论自由的斗争，实际上是同时同地出现的。

斗争是漫长的，艰苦的，人类为言论自由付出了沉重的代价。 大约到 1689 年，才在英国颁布了一部宪法，确立了自由发表意见的权利。它标志着人类为争取言论自由的斗争所取得的一个胜利。这样的胜利渐渐在西方扩大，并渐渐从西方传到了东方。1919 年，在中国终于有了言论自由的呐喊，其显然是一个开天辟地的壮举，它使自成体系的中国文化之中有了新的文明。我以为这是人类文明的一次交会，它不但激活了中国文化，而且扩大了人类文明元素。交会使人类的文明仿佛江河一般波澜壮阔，呈大美气象。但文明之花，却随开随落。我不知道这文明之花什么时候才能有累累之果，什么时候才能色尽其艳，鸟尽其鸣。我以为，那应该是好得让人流泪的。

由汉政府丞相萧何监督修建的未央宫，在 1999 年 2 月 20 日下午完全变成了废墟。不知道什么原因，农民的房子都退避在远方，废墟便空旷并独立。我看见一股旋风乘虚而入，大吹这里的几棵老树和一挂乌云。所谓废墟，实际上是一个北边高而南边低的荒丘，但它过去却是巍峨的未央宫的基础。废墟不长庄稼，只生蒿草，可惜野火把蒿草变成黑灰。一团一团的黑灰污秽似的随便丢弃，显然损害着废墟之美。废墟往往有自己的魅力，然而未央宫的废墟竟让我觉得肮脏和丑陋。

在这里，我想到司马迁一个不真实的观点，这是他告诉朋友任安的，他说：他在未央宫那次会议上的发言似乎是为李陵辩护，实际上是安慰汉武帝。我以为这不是真实的，不是司马迁原本的意思。这是经过了他修正的一个观点。在我看起来，他在未央宫会议上的发言似乎是安慰汉武帝，实际上是为李陵辩护，并表示了对汉武帝的不满。这也是汉武帝所知道的，当然也是汉武帝惩罚司马迁的根据。如果沿着这样一个思路分析，那么汉武帝并没有冤枉司马迁，因为你司马迁确实暗刺了我汉武帝。问题的要害是，汉武帝是以司马迁的言论惩罚司马迁的。

我以为，司马迁之所以修正自己的观点，是在婉转地为他鸣叫冤屈。朋友任安当时是汉政府的官员，是正直的一个人。司马迁多少是想通过朋友任安吹风他的观点，甚至是要给汉武帝形成这样一个印象：司马迁在未央宫的发言，是因为词不达意，从而不准确，让汉武帝误会了，但他的心却是忠诚的。

司马迁从监狱出来之后，仍在汉政府工作，不过由于他是变形的服刑之人，环境遂十分险恶，甚至稍微不妥，便会丧命。为生存计，他必须是一种服服帖帖的样子，并要让汉政府文武大臣看见其状态，而且要通过他们的嘴让汉武帝知道司马迁一直都是对他忠诚的，这样司马迁才会感到安全。

司马迁与汉武帝显然是有心理上的隔阂的，他们在精神上的对立早就产生了。只是他们之间，由于有工作关系所拉开的距离，而且司马迁一向坐得端，行得正，汉武帝不好打击司马迁。但他们在心理上的隔阂与精神上的对立，却是谁都能感觉得到的。

司马迁是一个小小的太史令，可他却心是鲲鹏，志存高远，非平地所卧之走狗。遗憾一般世俗的人，都觉得他跟着元首跑前跑后，做的无非是没有出息的事情而已。汉武帝当然不能完全了解司马迁，依习惯，他把司马迁当作乐师伶工之流，甚至要戏弄就会戏弄的。在汉政府，司马迁很是压抑和苦闷，但他却只能沉默。在沉默之中，他坚挺自己的脊梁，并磨砺着批判的锋芒。

汉武帝是把太史令这种人视为光大自己的工具的。确切的情况是，他曾经希望通过司马迁的工作，把他化装为英明的君主，以流芳百世。如果司马迁愿意投其所好，那么他是有能力化装君主的，而且只要他为之，也许他便会在汉政府春风得意起来。但司马迁却是有良知的，其奉行的一贯原则是，对历史的记录不虚美、不隐恶。于是他记汉景帝，就录了其过；记汉武帝，也就录了其短。当汉武帝知道司马迁竟是这样干的时候，曾经暴跳如雷，命令他修改。

司马迁有自己的价值取向，这便是正直，还有勇敢和诚信。他景仰管仲与晏婴，推崇信陵君与蔺相如，同情屈原与贾谊，喜欢壮怀激烈的刺客。他厌恶李斯，反感他的教师董仲舒，当然也反感同僚东方朔。

但在汉政府，环抱汉武帝的，却都是唯唯诺诺之辈，阿谀奉承之徒。汉武帝也需要这样，希望有一个赞美的氛围，好使他在其中自我陶醉。物以类聚，人以群分，如果不能，从而缺少志趣相投的朋友，那么就特立魏阙，独往独来。

司马迁没有资格参与军国大事，但他在汉武帝身边工作，却能看见汉武帝是如何用人的。他以鹰一般的目光望着汉政府。征伐匈奴是国之大事，它像水土流失似的流失着汉帝国的财富，所以战而胜之是必须的，为胜之任用贤良是必须的。然而他看到的是，汉武帝总把兵权授予了外戚。

卫青与霍去病固然都是杰出的军事家，不过李广是飞将军，何尝不能拥有兵权打大仗并建奇功呢？可汉武帝却一直不给李广机会。李广不平难诤，不公难谏，终于身经百战而自刎，全军为之痛哭。卫青与霍去病逝世之后，汉武帝提拔李广利为贰师将军，要他率兵击大宛，取其汗血马。让李广利率兵，无非是要给他一个获得爵位的机会而已，这是谁都清楚的，但李广利却无胆无识，一战失败，尽管二战勉强取其汗血马，然而竟付出了二十万人和三万匹马的代价，还死了十几万头运输物资的牛。李广利是过大于功的，不过元首仍封其为海西侯。司马迁担任太史令，当然要记录李广利率兵击大宛的战况，而且他实事求是地记录了。他对李广利是不佩服的，对汉武帝把兵权交给李广利是不满的。

他的不满在未央宫举行的会议上厚积薄发，导致其为李陵辩护。在我看起来，司马迁在未央宫的发言，潜藏着对汉武帝批判的锐利锋芒。

司马迁与汉武帝在心理上的隔阂，精神上的对立，不仅仅是统治阶级内部的矛盾，而且它还是中国文化内部一种矛盾，是民主与专制的两个元素在活动。中国文化内部的民主元素缺乏培育，是稀少的、微弱的，但专制的元素却有统治阶级反复养殖，从而无穷扩充，不断增加，使它稠密而强劲，并能凶猛地吞噬民主的元素。中国一直有像司马迁这样的人，自发地扛着中国文化走向文明，但汉武帝之流却是注定要阻碍司马迁之流存在的。他们总是拦其头，铲其根。文明之火，是星星之火，火在漫长的历史上随闪随灭，不得燎原。

悲哀啊，悲哀！

不过，有时候我还是能感到一种希望。我以为，既然中国已经处于世界之中，人类文明的潮流便必然影响中国。如果中国人依然是关着窗，锁着门，也许中国人将难以分辨好坏，事实是中国人已经挣脱了禁锢，走了出来，那么中国人就应该会用自己的眼睛和脑子判断好坏了。一切都在变化，难道中国和中国人不会变化么？

王昭君为什么嫁匈奴

王昭君嫁匈奴，当然属于历史上的事情。历史上的事情是无穷无尽的，不过由于有上帝在一个神秘的作坊进行调度，让一般的事情随生随灭，遂避免了滚滚而来的事情像垃圾似的肆意堆放，避免了垃圾越扔越多，越多越乱，从而占据空间，堵塞交通。我想，上帝的运作，大约要的就是这样的结果，有了这样的结果，才能建立一枯一荣的秩序。

王昭君嫁匈奴，尽管是很古旧的事情了，可历史上却一直有它的位置。也许是上帝的疏忽，也许是上帝深思熟虑的设计，总之，上帝是没有删除它的。

历史是一条河，虽然我不知道中国之河源于何山，归于何海，但我却多少知道它曲曲折折，是一直向前流动着。我还知道它流动到阳光之下也好，流动到阴雨之中也好，它都带着王昭君。

王昭君确实是闻名遐迩，进入什么时代，什么时代的人便要探究她一番，而且一旦看见她，就必然对她感慨万千，连连赞叹。

对王昭君的评价，富于中国特色的观点有：她是一个美女，她嫁呼韩邪单于的慷慨之举保障了汉帝国的安宁，她使汉族人与匈奴人的友谊增加了，她还把一些农业文明输入草原的部落。这些观点当然都是对的，属于正统的声音，为主旋律。

除了正统的声音之外，还有一些别致的声音，这当然只能是一些卓越的文化人发出的。他们上巫山，下沧海，撕遮天黑云，劈盖地白水，并敢于敲破皮壳而掏出实质亮于天地之间。他们往往是扛着黑暗的闸门的人，也是引导光明进入铁屋的人。

关于对王昭君有新意的评价，我想到的是杜牧和王安石。他们有感于王昭君的命运遂大鸣大放，其腔调显然偏离了常规的曲谱。

杜牧体悟了王昭君的哀伤和凄苦，诗曰：

青冢前头陇水流，
燕支山上暮云秋。
蛾眉一坠穷泉路，
夜夜孤魂月下愁。

王安石直指汉帝国元首的无情无义，惊涛拍岸，秋风落叶，诗云：

明妃初嫁与胡儿，
毡车百辆皆胡姬。
含情欲说独无处，
传与琵琶心自知。
黄金捍拨春风手，
弹看飞鸿劝胡酒。
汉宫侍女暗垂泪，

沙上行人却回首。

汉恩自浅胡自深，

人生乐在相知心。

可怜青冢已芜没，

尚有哀弦留至今。

张鹏翮是清帝国外交官员，1688 年他要到莫斯科去磋商一个和约，经过呼和浩特，看到了王昭君之墓，触景生情，大发议论。他认为汉帝国以王昭君嫁匈奴而争取安宁，是应该羞愧的。他还劝王昭君不要抱怨，因为她即使没有出塞，也不一定能得到汉元帝的宠爱，终究是要寂寞度日的。张鹏翮诗为：

独留青冢古城隅，

愧杀当年汉丈夫。

万里长城凭粉黛，

千秋国士老樵渔。

香溪流影魂飞动，

塞上吹箫凤有无。

延寿写真君莫恨，

长门空锁月明孤。

我的问题很简单：王昭君为什么嫁匈奴？我关注的是王昭君这个人的生存状态，这个女性的基本欲望及其丧失。我隐隐感到在中国历史上存在着一种性剥削与性压榨，只是它陷在了文化之中。为文化所包裹的性剥削与性压榨，仿佛盖上了一床合法并合情的被子，中国人遂不以为怪。中国人甚至还习惯于给它闭上门，以防谁打扰了它。性剥削与性压榨的虚伪性和残酷性显然是深深地藏了起来，遂难以发现它的不是，而且如果谁发现了它的不是，指出它的不是，那么谁就要触电。

我早就注意到，整个世界的人都在赞美王昭君，是因为她嫁匈奴有助于世界和平，她的行为符合所有人的利益。王昭君以特殊的方式，为中国人做出了特殊的贡献，她当然应该受到赞美。不过我认为，对王昭君这样的女性，仅泛泛地褒奖她一下，似乎是不够的。也许事情并不这样简单。

你不能只是怀着好奇之心走近她，打量着她，或出于礼貌和修养夸她几声，随之放下她，回到你的屋子，坐在沙发的凹陷之中，继续享受优越的生活。这样是不行的，这样将显得你缺乏同情和悲悯，甚至无情无义，冷漠，自私。

实际上你有必要静静地为她想一想，并充满感动地过去拉住王昭君的手，望着她的眼睛，真诚地询问她是不是高兴嫁匈奴的，她嫁匈奴是不是最满意最美好的选择，她嫁匈奴是不是自己非要不可的生活，她获得了幸福没有。

王昭君家在秭归，那是长江南岸一个村子，有幽静的石板路和小溪流。算起来，她离开村子的年龄，最早不早于十四岁，最迟不迟于十六岁，很可能是花鸟使一类的官员在秭归处理公务之际发现了她，遂提出带她到长安去。

到长安去，当然是侍奉汉元帝，实际上就是当宫女。我没有看到关于王昭君父母的情况介绍，不过依汉政府对宫女的要求推测，他们属于良家。起码是良家之女，才有资格侍奉皇帝。

不清楚花鸟使一类的官员是怎么给王昭君许诺的，或怎么哄骗她，怎么威胁她，总之，她要赴长安做宫女了。小小的村子，出了一个侍奉天子的人，遂引起了很大的轰动。人是复杂的，于是对王昭君羡慕和担忧的就都有了，而且他们各有各的道理。

也许旁观者清，当事者迷，当事者迷的王昭君，是又激动又害怕地进入长安了。

我以为，王昭君看见的长安应该是巨大的、繁华的。看见长安的城墙和车马之后，她紧缩的心也放松了一点。

让王昭君惊喜的是后宫的建筑和装饰，还有住在这里的成群结队的丽人。丽人穿着漂亮的衣服，挽着发，画着眉，要姿有姿，要态有态的。重要的是，王昭君有了自己的房子，是一个太监带她到房子去的。太监叮咛她好好调养，等待召幸。所谓召幸就是遵汉元帝之命，让妃嫔或宫女跟他做爱，以满足他的性需要。

尽管王昭君没有当宫女的经验，不过以其聪慧的天性，她完全可以猜测会有什么事情发生。依她的意愿，她当然盼即将发生的事情不要突然降临，她甚至恐惧自己要侍奉的人。她认为还是等待一阵好，于是她就等待。

怀着希望的等待，使王昭君产生了一种朦胧的快乐，它像温暖的水似的涌之于心，润之于身。王昭君觉得还是等待一阵好。

在王昭君感到是有把握实现的希望，实际上是非常渺茫的，这就像在她窗外或门前有一朵花，她想，只要自己推开窗子，走出门，她便会看见花，甚至还会把花摘下来。问题是，她必须能够推开窗子，能够走出门，如果不能呢？如果不能，那么她的希望就仅仅是一个希望了。她可以想着花，但她却不能看见花，更不能把花摘下来。

皇帝是应该拥有众多女性的，这似乎是中国文化上的一个果子。在理论上，它固然是要给皇帝提供丰富的资源，以顺利地生产龙子龙孙，但在实践上，它却演变为满足皇帝性幻想的途径了。结果呢？结果是既毁了皇帝，又毁了女性，还毁了国家利益。

中国文化产生这样荒谬的一环，当然有其历史的必然，不过，它究竟属于污点。历史总是有所淘汰，有所扬弃的，我的意思是，由于皇帝及其拥有众多女性的规定是非人性和非人道的，是一个污点，所谓历史的潮流洗刷了它。历史是冷酷的，但它有时候却也显得善良而公正。

供汉元帝使用的女性计以数千。比较起来，他的妃嫔和宫女并不是最多的，当然也不是最少的。在汉元帝周围的女性，繁而不乱，拥而不挤，确实是茄子一行，豇豆一行。其女性所呈的布局是，一个皇后，为妻，王政君皇后；皇后下面有十四个品位的妾，就是所谓的妃嫔，我所能点出来的封号是：昭仪、美人、良人、婕妤、娥、华、充依、八子、七子、长使。妾属于夫人，在妾之外，汉元帝还有浩浩荡荡的宫女。

后宫万紫千红，王昭君只是一点。尽管这一点含雪雾之香，发露珠之光，但由于她毕竟是混淆在熙熙攘攘的宫女之中，却难获召幸。凤鸣，其他鸟也鸣，这就需要听声才能知道凤。狐软，其他皮也软，这就需要摸裘才能知道狐。可汉元帝却不能，他也没有一一召幸宫女。

王昭君等待了很长一段时间之后，总不见什么动静，便有一点坐不住了。她很惊慌，很急，然而急有什么用呢？吃是不愁吃，穿是不愁穿，而且食有美食，衣有华衣，唯日子无聊得很。于是她就数树上的叶子，辨天上的星斗，或久久沉浸在自己从琵琶弹出的音乐之中，以排遣愁闷。

汉元帝是好色的，不过他也颇能追求女性品位，甚至是一个非常多情的人。在他当太子的时候，曾经喜欢一个女性司马良娣。不知道这个姬以什么迷住了太子，她病了，太子竟为之形容枯槁，并闹着要随之而死。他还突然变得对其他女性冷漠起来，甚至十分嫌恶。

父亲汉宣帝担心太子真的呜呼哀哉，或失魂落魄地损坏身体，从而缺了子嗣，遂命王皇后从他的宫女之中选五位给太子，由太子择优使用。但太子却没有什么兴趣，只是害怕拒绝这些宫女惹汉宣帝生气，便潦草地指了指一个靠近他的宫女，便是王政君。

王政君不杰出，但她却有运气，竟神速地生了一个儿子。随着太子即位为汉元帝，王政君遂一下晋升为皇后了。不过她也知道，儿子才是其晋升的动力，她当然爱自己的儿子。

命运都是无常的，它有起有伏，有明有暗，在变化之中保持着一种平衡。尽管王政君有运气，当了皇后，但她却未能超越命运的法则。事实是可怜的王政君，当皇后仅仅一年之后，便只剩下了皇后的虚名，因为丽人如云，汉元帝要忙着采撷其他丽人了。

在王昭君进入长安那年，汉元帝才三十六岁左右，几乎还是一个青年。但长期好色，却严重地损害了他的健康。他隐疾闪现，精神萎靡，往往心有余而力不足，甚至不能亲自挑选自己所要的宫女。

汉元帝对宫女的召幸，居然增加了一个可悲的中间环节，这便是让画师绘宫女的图像，之后才依图像挑选，他中意谁，便通知谁。

一般是在黄昏，专门负责汉元帝性生活的太监，会拿着一卷宫女的图像，到汉元帝的房子去。经过汉元帝同意，太监将高高举起宫女的图像，以让他检阅。汉元帝是蜂蜜灌大的，糖已经不足以启动他的激情，于是他就略略过目，圈定一个饶有点兴趣的宫女。太监答应着，收起一堆图像，青烟似的溜走了。太监急着报告喜讯，并吩咐获准召幸的宫女赶快洗漱打扮。

以图像召幸宫女，是变通的办法，也是偷懒的办法。它隔阻了一个男性对女性的追求，也取消了一个女性对男性的吸引。它使丰富和奇妙的生命活动，使温馨的爱和神圣的繁殖之举，统统变得苍白如纸。它显然还容易在某个段落导致腐败。

王昭君盼不到召幸的消息，便有一点虚，但她却还在顽强地盼。终于有一天，太监敲门传唤她，要她化妆一下见画师。尽管见画师不是见皇帝，但它却仍使王昭君高兴，因为见画师，绘以图像，就仿佛挂号，挂号之后才能使自己排在预备召幸的队伍之中。

画师毛延寿见宫女见得多了，不过他看到王昭君还是奇异地睁大了眼睛。他觉得这个宫女不管是相貌，还是肤色，还是气质，都是超尘拔俗的。他认为王昭君应该是花中之蕊，玉上之雕。

毛延寿的技术倒是高明的，但他却经常利用宫女召幸心切，暗中收取贿赂，是一个卑鄙的家伙。毛延寿当然也不敢把丑女提升为美女，然而他可以让美女减去颜色，变成平庸的宫女，除非你给他财物。那些标致的宫女，甚至是所有的宫女，谁不想让画师绘一幅吸引汉元帝的图像呢？于是她们就倾其所有，给画师钱，或首饰，或锦帛，以买通画师，让画师增加她们的颜色。收取财物便渐渐成了毛延寿的习惯，为了顺利敛富，他还摸索了一套如何敲诈的办法。

对王昭君，他当然是狮子大张口的。可王昭君却自知非凡，有尊贵的品质，偏偏不给他财物，而且很是傲岸和决绝。这一下惹恼了毛延寿，于是王昭君的图像就在毛延寿手下变得粗疏起来。

大约一年之后的一个黄昏，专门负责召幸工作的太监举着一组宫女的图像让汉元帝检阅。太监发现，当汉元帝看到王昭君图像的时候，一脸沮丧，甚至那至尊至贵而至高的鼻子竟嫌恶地耸了一下，遂把王昭君的一页翻了过去。

太监的动作训练有素，很轻很灵，但他那小小的动作，实际上却封禁了一个稀世美女的青春，关闭了一个绝代佳人的光辉。在我看起来，太监收捡图像的动作，是一个残酷的动作。

人类在婚姻方面所取得的进步，已经在中国冲决了男性强加于女性的种种不平等与不公正的道德枷锁。一夫一妻，由于它是合乎人性与人道的，终于变成了中国人普遍遵循的法则。也许这样的法则还不是人类关于婚姻最好的法则，不过在现在，它似乎还是最文明的。

但在过去一个久远的时期，中国却实行一夫多妻，皇帝威重如山，其所拥有的女性之多居然成千上万。

依逻辑，生活在后宫的女性与生活在皇宫的皇帝应该是彼此对口的，互相隶属，并应该各尽各的义务。皇帝是特殊的人，让他多妻也可以，不过多得密密麻麻就一定好么？结果是，女性能够满足皇帝的需要，但皇帝却没有力量满足女性的需要，甚至皇帝根本就没有满足女性需要的观念，因为后宫的女性是很多的，可皇帝却只有一个，而且皇帝确信，天下的女性都应该为他服务。

中国文化在鼓吹女性都应该为皇帝服务的问题上，透露了霸道和自私的一面，偏狭的一面。

一个男性与成千上万个女性显然是不平衡的。不平衡把后宫的女性完全推进了灾难之中。不过她们谁会甘心于自己悲惨的命运呢？她们都在努力着，并希望逃出水深火热。

问题是她们到底能做什么？实际上她们还只能依靠皇帝，因为皇帝是改变她们命运的唯一可能。没有皇帝的宠爱，她们将注定没有出头之日。于是她们就以女性所有的心思与技巧接近皇帝。

不过由于皇帝是成千上万个女性所要接近的唯一一个男性，遂必然导致她们争宠。争宠是激烈的，有时候还充满了血腥。争宠把后宫的砖砖瓦瓦都变成了仇恨与阴谋。

王皇后的失落，其主要原因应该在于汉元帝，在于其喜新厌旧，但王皇后却不这样认为，也不敢这样认为。她确信她的痛苦，是傅婕妤造成的。

王皇后为皇帝生了一个儿子，傅婕妤也为皇帝生了一个儿子，这一下就把两个女性的价值拉平了。尽管还存在着王皇后与傅婕妤在身份上的区别，但汉元帝却渐渐在感情上有所倾斜，而且他喜欢傅婕妤显然甚于喜欢王皇后，喜欢傅婕妤所生的儿子也甚于喜欢王皇后所生的儿子。

一个严峻的事实是，王皇后不能自由地接近汉元帝了。她见汉元帝，似乎只能在汉政府举行大典这种皇帝与皇后都必须出席的场合。可她在公共场合所见的汉元帝却仿佛一个陌生的人。

王皇后知道汉元帝与傅婕妤是经常待在一起的，然而她不清楚傅婕妤早就在以浑身的解数使汉元帝迷恋她，并使傅婕妤的儿子以汉元帝的所好为所好，以汉元帝的所恶为所恶，从而全面博取汉元帝的欢心。

春风吹雨，秋月照水，王皇后在一个豪华的房子过着愁云惨雾的日子，因为她感觉，傅婕妤是有可能取代她的。她觉得这样的结果将非常可怕！

那么傅婕妤就可以得意扬扬么？非也。

虽然汉元帝是喜欢她的，但汉元帝却一直没有让她当皇后的具体措施。汉元帝是有自己的难处的，这便是汉政府的文武大臣，以维护秩序的习惯和势力在维护着王皇后的地位。如果汉元帝提出废黜王皇后，那么汉元帝将会受到他们的反对。他们理直气壮，严阵以待。

在傅婕妤为取代王政君而奋斗的过程中，冯昭仪也以她的魅力发动了进攻。傅婕妤知道冯昭仪风清月柔，口蜜心灵，自有其优势。傅婕妤与冯昭仪在暗中的角逐灯红酒绿，此起彼伏，渐渐进入了一个相持阶段。

任何人都没有料到，打破傅婕妤和冯昭仪平衡格局的，竟是一只熊。有一天，汉元帝到上林苑去观兽斗，傅婕妤和冯昭仪作为皇帝所喜欢的女性，应邀陪同皇帝。在汉元帝及其随从趣味盎然地欣赏动物厮杀的时候，一只熊突然跑出围栏，愤怒地冲向汉元帝。突然接近汉元帝的一只熊，吓得人大呼小叫，抱头逃命，唯冯昭仪亭亭玉立，以身挡之。熊对桃花之灼一时迷乱，遂傻傻地迟疑起来。当是之际，卫士才跑过去杀了熊。

汉元帝问：人皆恐惧，你怎么就能以身挡熊？冯昭仪说：我怕熊伤你，便以身挡之。汉元帝深为感动，便迅速偏心冯昭仪。傅婕妤又恼羞，又悔恨，但她却无可奈何！

处于外围的妃嫔，有的也曾经得到召幸，只是一次两次性生活，并没有使她们为汉元帝怀一个儿子，遂仍不能浮出水面。这样的女性是最迷茫和最焦躁的，由于她们已经为皇帝服务了，知道了皇帝的脾气，显然是多少能够总结一些如何让皇帝更快乐更满意的经验的，于是她们就时刻准备着，要乘新的服务之机，得到皇帝的欢心。依她们的推算，如果汉元帝还想她们，还想她们的肌肤和聪慧，那么汉元帝将一定会派太监召幸她们。她们天天守候门口，注意召幸的消息。

不过她们的分析并不对。实际情况是，由于汉元帝已经领略了她们的芳香和神气，从而感觉平淡，永远地放弃了她们。

处于外围的妃嫔，最害怕和最痛苦的，便是这样的局面。它所燃起的嫉妒之火，常常会使她们把矛头指向其他丽人。她们泄愤的方法一般是要掏钱雇一个巫婆，并根据巫婆的教唆，把自以为妨碍她们召幸的妃嫔作为木偶，针扎其胸，诅咒其灭。

但以木偶所进行的报复活动，却是皇帝极其讨厌的，于是她们就不得不偷偷干，把木偶藏在床下，埋在墙角，唯恐被人发现，因为如果谁发现了她们的勾当，并报告之，那么追查出来，一般都要毙命。

在汉帝国，几乎所有的元首都很迷信，他们害怕巫婆所做的事情，并总是命令司法机构打击巫婆和雇用巫婆的人，甚至会株连九族。

处在边缘的当然属于宫女，宫女是很多的。从进入后宫到获得画师所绘的一幅图像，是宫女必须等待的一个过程，残酷的是，这个过程竟没有确定的时间。停留在这个过程的宫女，显然是不具备让汉元帝检阅的资格的。不过即使有一天某个宫女熬到了时间，画师可以给她炮制一幅图像了，实际上她还是没有把握能否得到一幅走运的画像，因为炮制图像的环节充满了小动作和小诡计。如果有一天太监举着宫女的图像让汉元帝检阅，但汉元帝却恰恰在那时候缺乏精神，那么她通往汉元帝的道路也会断绝。

宫女谁都清楚，汉元帝的召幸是唯一的机会，此情此景，确实像过了这个村就没有了那个店一样使人紧张。事实是，即使宫女经过艰苦跋涉到了村里，也不能保证会睡到店里。不能进村，或进村而不能住店的宫女熙熙攘攘，人满为患。她们苦苦祈祷，问今夕何年，问今年何卦？

也许王昭君是可能为汉元帝所喜欢的，但她却拒绝贿赂毛延寿，从而得罪了画师，毛延寿把她丑化了。结果呢？结果是汉元帝眉头一皱，淘汰了她。

一年又一年，一年又一年，总是没有消息，这使王昭君渐渐自灭了获得召幸的向往。她感到前途黯淡，很是苦闷。王昭君不知道怎么走自己的路。

一个重要的问题，性问题，是不能回避的。绕开后宫女性的性需要，对其熟视无睹，充耳不闻，保持沉默，摆出一副纯洁状与修养状，只不过是一种虚伪而已。

性欲是一种生命现象，在精子与卵子相撞的一瞬之间，性欲就播种在身体里了，并在身体里悄悄长大。

性成熟之后，性欲便会发出缤纷的信号，或男性寻找女性，或女性寻找男性，或男性与女性相互寻找，从而产生灿烂的爱情。

性成熟之后的性生活是自然的，由于是自然的，所以它符合人性与人道的法则。

正常的性生活，虽然不是性欲得以满足的唯一途径，但它却是正宗的和健康的途径。它所带来的快感，是生命内在的阳光与雨露，当然也是生命的必需。

然而后宫的女性是悲惨的，因为她们没有正常的性生活，其性欲是不可能得到满足的。

在我看来，所谓后宫是这样一个特殊场合，由于一个男性合法合理地拥有很多女性，从而变成了一个男性对很多女性进行性剥削与性压榨的场合。那一个男性不是别人，他只能是皇帝。

实际上古代社会的整个阶段，甚至古代社会的所有男性，都多少对女性进行着性剥削与性压榨。由于是男尊女卑，所以即使在性生活上，女性也必须服从于男性。但对女性可以尽情地放肆地进行性剥削与性压榨的，却只有皇帝。

我以为，一个皇帝与很多女性所组合的性关系是不公正和不平等的，它完全违背了自然的法则，当然也违背了人性与人道的法则。在中国，尽管这样一种性关系在 1911 年便解除了，而且孙中山所领导的革命是彻底摧毁了这样一种性关系的基础，但曾经为这样一种性关系服务的文化，却并没有随之而彻底消亡。

汉元帝当然也是拥有很多女性的，他也只是要求这些女性满足他，但他却不考虑怎么满足她们。汉元帝就像不知道她们还有性欲似的，而且其百病丛生，根本就没有能力满足她们。

汉元帝把很多女性都悬空着，天长日久，她们便性压抑。现代医学认为，严重的性压抑会导致情绪低落，脾气怪诞，反应迟钝，免疫系统紊乱，身体素质下降。现代医学还认为，如果性欲一直积存着而不能发泄，也不能升华为艺术的创造，那么它将导致精神分裂或其他疾病。

后宫的女性，在生理上和心理上显然都备受折磨。也许在十分难耐的时候，她们会自己为自己做一点解决。但到底她们是怎么做的，这属于她们的隐私，我不能随便猜测。

我要指出的是，尽管隔着千层云烟，万重风雨，不过我仍清楚地听见宫女的暗泣。

在一个春夏之交的晚上，王昭君翻来覆去怎么也睡不着。晚上睡不着，早就成了以一定周期而轮回的煎熬。对这样的煎熬，她一直都在努力适应着，而且已经适应了。但在月光飘来的春夏之交的晚上，她却有一种苦苦挣扎的感觉。她的身体仿佛充满了跳起来的冲动，似乎要用很大的劲，她才能按住自己，否则她的身体真的就要跳起来了。

她用自己的手抚摸着肩膀，忽然哭了起来。她轻轻地摩挲着，感到肩膀的丰腴，柔软，凝滑，感到它悠悠的芬芳，蓦地泪流满面。

在槐花浓郁的香气里，打更的木棒声一遍一遍地敲白了窗纸，王昭君才昏昏欲睡。她看见梦穿着裙子飞来了，梦穿着绿色的裙子。

大约两年之后的一天早晨，管理后宫的太监向宫女传达了一道圣旨：如果某个宫女愿意嫁呼韩邪单于，那么陛下将封她为公主。

宫女朝思暮想的，当然是有机会被召幸，因为召幸存在着完全改变命运的可能。但她们等来等去却竟是嫁匈奴的消息。

依她们的所想，匈奴生活在遥远的北方，住毡帐，喝生奶，嚼腥肉。在那里，冬天的冰雪将冻僵辽阔的草原，甚至出门裂耳，走路掉脚，何况她们不知道呼韩邪单于是怎样的人，其将多么野蛮，怎样粗暴。宫女议论纷纷，一律退缩，仿佛魔鬼要抓她们似的。

这时候，王昭君站出来，表示愿意嫁呼韩邪单于。她毅然自荐，一下便把其他宫女解脱了。但她们却一边感激地劝导她，一边怀疑地望着她，以发现王昭君的动机和秘密。

只有王昭君自己知道她为什么嫁匈奴，但这有什么必要告诉别人呢？也许她不怨汉元帝，可她却不能不恨她所在的长安。她不敢保证自己要去的地方一定是好的，然而她清楚地知道她所在的后宫是不好的。她当然也知道把宫女嫁呼韩邪单于是汉元帝的意思，她还知道自己所做的，将有大益于汉帝国。

呼韩邪单于在公元前 51 年就曾经赴长安觐见汉宣帝，并归顺了汉帝国。他也因此得到了汉帝国的支持，从而巩固了其权力。但他的归顺却也导致了匈奴的分裂，这便是出现了一个自立的郅支单于，其不但反对呼韩邪单于，而且猖獗地侵犯汉帝国。

汉帝国为之十分恼火，遂一直在寻找机会要消灭郅支单于。一天下午，汉军将领在边境周密策划，机智地杀了郅支单于，并把他的头挂到了长安的一个城门上以显示汉军的威武。

郅支单于之死，使呼韩邪单于又喜又惧，喜的是他在匈奴没有了反对力量，惧的是汉军将可能集中兵力打击他。呼韩邪单于知道他不是汉帝国的对手，于是他就想了一个贴近汉帝国的办法。他打算到长安去觐见汉元帝，表示友好相处的愿望，还打算娶一个汉氏女性为妻，做汉帝国的亲戚。

汉元帝接见了呼韩邪单于，并同意他娶汉氏女性做妻，但公主却没有一个愿意嫁匈奴。汉元帝遂仿效他的祖先，以宫女冒充公主。汉元帝这样做，十足地暴露了他的虚伪，其是既没有尊重宫女，也没有真诚对待匈奴的元首。不过对皇帝的虚伪，还是由别人批判吧，我的问题是王昭君为什么嫁匈奴。

汉政府所实施的和亲政策，有一项重要内容，便是把女性当贡品赠送匈奴。女性不管是公主还是宫女，在皇帝和汉政府官员的眼睛里，实际上都只是可以利用的尤物。和亲政策当然还是有变化的，在过去，是汉政府主动赠送，但在汉元帝执政时期，却是匈奴的元首自己请求的。

宫女很多，汉元帝根本不清楚王昭君是谁，他也无心了解谁是王昭君，其只是想使呼韩邪单于的请求得到满足。于是当太监向他汇报王昭君愿意嫁匈奴的时候他就立即批准了。

呼韩邪单于返回草原之前，汉政府为他和王昭君举行了盛大的欢送会。那天早晨，王昭君由四个宫女陪伴着款款走到殿上，向汉元帝谢恩。她容貌丰润，服饰华丽，顾盼徘徊，尽显风情，仿佛一道灿烂的霞光照亮了未央宫。左右为之耸动，汉元帝为之大惊，诧异后宫有这样的丽人他居然不知道，甚至一时竟想为自己留下。不过留下王昭君显然失礼，遂忍痛舍之。

王昭君姓王名嫱，汉元帝封她为昭君，寓意她的美照亮了汉帝国，并将照亮匈奴。

年过半百的呼韩邪单于看到王昭君绰约多姿，是如玉似花的姑娘，大喜过望。 他对汉元帝再三叩首，带王昭君快马而去。

汉元帝耿耿于怀，吩咐太监检查王昭君图像，遂暴露了问题。 汉元帝愤怒至极，命令司法机构缉拿画师。 汉政府便杀了毛延寿，其连锁反应是，流血的恐怖，把待在长安的所有画师都吓跑了。

数月之后，汉元帝病崩于未央宫。 在文武大臣的扶助之下，他与王政君所生的儿子刘骜登基，为汉成帝。 尽管机关算尽，但汉元帝与傅婕妤所生的儿子刘康却没有即位，也许这是非常遗憾的。

长安的人都知道王昭君出塞做了呼韩邪单于的阏氏，但长安的人却没有谁能知道王昭君在草原的生活怎样，没有谁能知道她感觉如何。

班固先生倒是有一个记录，很粗略：王昭君在穹庐生了一个儿子，不过两年之后，呼韩邪单于便逝世了。 依匈奴的习惯，呼韩邪单于与原配所生的儿子即位为新的单于，而且他将纳王昭君为妾。 王昭君不愿意，遂上书汉成帝，希望让其返回长安，她想长安了。 可汉成帝却没有同意她返回长安，汉成帝指示王昭君要遵守匈奴的风俗。 于是她就继续留在草原，并做了呼韩邪单于儿子的妾，之后还生了两个女儿。 到这里，班固先生关于王昭君的记录便结束了。

王昭君仿佛一只蝴蝶，在茫茫的历史之中消失了。 然而王昭君总是让中国人想念的。 我以为，想念她，固然由于她是一个美女，但想念她却不能仅仅因为她是一个美女。

不要分析她所经受的别的折磨，就是呼韩邪单于的儿子要纳她为妾这一点，依她所在的习惯与风俗，依她所在的文化，便会使其产生乱伦的压力，而且这一点将撕裂其心，甚至将完全摧毁她的精神世界。

汉帝国江都王刘建有一个女儿，为细君公主，遵汉武帝的指示，曾经嫁乌孙王。那时候，匈奴是汉帝国很难对付的强虏，把细君公主嫁乌孙王，无非是要乌孙王牵制匈奴。乌孙王已经老迈，这使细君公主难以忍受。难以忍受的当然还有语言障碍和饮食不适。乌孙王逝世之后，细君公主认为是机会，便上书汉武帝请求返回长安。然而乌孙王竟在逝世之前留下了遗嘱，要细君公主做他孙子的妾，汉武帝遂命令她继续待在西域。细君公主当乌孙王孙子的妾以后，在西域生了一个女儿，接着便死了。

比较起来，王昭君是坚毅的，细君公主多少有一点娇气，可她们却有共同的命运，她们都是汉帝国的一个物件。

细君公主曾经唱道：

吾家嫁我兮天一方，
远托异国兮乌孙王。
穹庐为室兮旃为墙，
以肉为食兮酪为浆。
居常思土兮心内伤，
愿为黄鹄兮返故乡。

公元 819 年，白居易卸任江州司马，到忠州去当刺史，要坐船在三峡航行。经过秭归那天，他下船走进了生养王昭君的村子。诗人多愁善感，在青年时代就为王昭君的际遇感慨万千，得到机会，当然要看看王昭君的家乡。他没有想到村子非常荒凉和破败，尤其惊诧的是，村子的姑娘都害怕成为美女。她们灼烧其脸，以显瘢痕。她们这样做，已经形成了一种风俗，延续千年之久了。诗人心情忧郁，陷入沉默。

我乘船做三峡之游，是在1994年。经过秭归是在半夜，但船上的人却很是兴奋，有的还站在甲板上久久眺望。春雨蒙蒙，江水滔滔，确实是讨论历史与美女的意境。那天晚上，我在一旁听着陌生人之间的窃窃之声，感到十分惬意，而且欣慰。

诗人多难

中国人总是为唐诗而得意，唐诗是美的，美的便能迷惑灵魂。巧笑和凝脂之所以具有征服的力量，无非是由于它的美而已。

我过去吟咏唐诗，往往会产生这样的印象，仿佛仲夏之夜，清风轻拂，明月朗照，我坐在古旧的慈恩寺，静静欣赏着宇宙空间的浩渺和神秘。

那时候，我不禁便拔高了诗人，觉得唐帝国的诗人都吸桂花洌香，饮葡萄甘酒，风度翩翩，云游天下。岂不知我错了，是大大地错了。

实际情况是，诗人的生存状态，各有各的困苦。

一

东皋薄暮望，
徙倚欲何依。
树树皆秋色，

山山唯落晖。

牧人驱犊返，

猎马带禽归。

相顾无相识，

长歌怀采薇。

这是王绩的作品，不算唐诗之中最好的，但它却属于唐诗之中最早的。

王绩先在隋政府工作，不过他还未干出什么名堂，各路起义军便把隋政府推翻了。李渊当皇帝之后，招纳贤达，他觉得自己才三十五岁，年富力强，是应该继续上进的，遂又进入了唐政府。

战争刚刚结束，社会恰恰处在百废待兴的状态，王绩显然是想有所作为的，可他却只能以文学之士当待诏。他早晨进入办公室，晚上离开办公室，时刻注意着唐政府的命令。奇怪的是，过了一天又一天，一年又一年，竟一直不安排他做什么，仿佛唐政府根本就没有这个人似的。其兄王通发现了王绩的寂寞，很是关切，遂询问他当待诏是否顺心。他不无幽默地说：薪水微薄，境况冷落，不过有好酒三升，倒是可以留恋的。王通有一个门徒在唐政府掌握了一些权力，认为像王绩这样学识丰富的人好酒三升是少了一点，便提高到好酒一斗。

几年之后，关中大旱，饥荒汹涌，米少面贵，志清而坚，适王绩患病，遂辞职离开了长安。

王绩在唐政府待了近乎十年，没有任何功业，唯落了一些诗。写作是个人的劳动，心不死便能为之。王绩因为一直在写作，从而多少减弱了人生的荒废之感。

王绩对唐诗的贡献是，作品一扫梁的靡丽和陈的浮艳，显得质朴而丰厚。他不但在形式上是一个尝试者，而且在内容上也是一个开拓者。如果唐诗是汪洋大海，那么王绩的作品便是从万里之外的雪峰流向大海的细流。如果唐诗是一片广袤的绿原，那么王绩的作品便是破土而出的小草，它用自己的一点鲜嫩呐喊着漫山遍野的苍郁。

二

大约在王绩出生四十年之后，骆宾王出生于婺州义乌一个书香之家。这一年是公元626年，李世民通过玄武门之变得立为太子，接着即位当皇帝。

此地别燕丹，
壮士发冲冠。
昔时人已没，
今日水犹寒。

这是骆宾王离别朋友之际所写作的一首诗，其成于何年何月，难以考证。但诗人的激愤之情和抑郁之气，却扑面而来，并有新鲜之感。

骆宾王的灾难，似乎是因他反对武则天所导致的。

武则天曾经是唐太宗的妃嫔，但太子李治却对她大为迷恋。李治即位之后，便以变通的办法让武则天做了自己的昭仪，并一步一步立其为皇后。

武则天是一个有想法的人，一旦睡在皇帝的身边，便欲攫取权力，以干她要干的事情。时间证明，她就是按自己的计划运作着。

骆宾王当时在唐政府担任侍御史之职，可以清楚地观察武则天的行动轨迹。他认为武则天的种种举动，显然僭越了皇后的本分，甚至是在操纵唐高宗，遂屡屡上疏批评之。骆宾王竟敢得罪武则天，也不愧是一位诗人。然而武则天并非好惹，以她的气焰，收拾一个骆宾王简直是小菜一碟。尽管骆宾王反对武则天是在维护唐高宗的威望及其唐帝国的正统，目的是纯洁的，可唐高宗却并没有保护他。结果是，司法机构以贪赃之罪把诗人投入监狱。度过一段黑暗的日子以后，他获得释放，不过创伤在心，郁郁寡欢，遂到江南流落去了。

公元 684 年，徐敬业在扬州起兵，图谋推翻武则天的统治。骆宾王对武则天素有恶感，便踊跃参加了武装斗争，而且还为起兵写了讨伐檄文。在江南，响应徐敬业的人千千万万，不过武则天毕竟掌握着权力，她完全可以调派唐军镇压徐敬业，于是起兵就失败了。

唐政府在清洗过程中把追随徐敬业的骨干分子都杀了，但其却未能消灭骆宾王，他奇迹一般地躲过了搜捕。之后司法机构一直在缉拿他，却始终找不见其踪影，甚至到现在还是“下落不明”。

骆宾王所写的讨伐武则天的檄文，早就成了文学的典范。檄文痛快淋漓地揭露了武则天的越轨行动，并对她进行了道德谴责。檄文指出武则天入门见嫉，掩袖工谄，蛾眉霸气，狐媚惑主。

流传下来的故事是这样的：武则天读檄文，读着读着，竟莞尔而笑，随之阴沉着脸责问宰相：骆宾王有这样杰出的才华，何以使之流落呢！

骆宾王显然不会想到，他讨伐武则天的檄文，居然变成武则天表现其气度的道具，真是滑稽极了。

三

大约在骆宾王出生十年之后，卢照邻出生了，幽州范阳是其故乡。

二十岁前后，卢照邻携其作品到长安来了。他很是自信，发誓要在国都取得功名。事情也像他所想的，一夜之间，其诗便在长安流传开来。

声望与才华使卢照邻有了一份工作，是当李元裕的秘书。李元裕是唐高祖的一个儿子，似乎为有卢照邻这样一个诗人十分得意，尝向朋友宣扬，此乃吾之司马相如也。卢照邻还曾经担任新都县尉，职务并不高，不过它也多少可以标志权力和尊严。只是诗人不喜欢这个职务，难以忍受种种烦琐之业务，任期一到，他便辞职了。

骝马照金鞍，
转战入皋兰。
塞门风稍急，
长城水正寒。
雪暗鸣珂重，
山长喷玉难。
不辞横绝漠，
流血几时干。

这是卢照邻的一首五言，通过对一匹骝马的描写，表现了边境的艰苦和唐军将士的勇敢。其诗以小见大，而且节奏紧凑，力量沉厚，有慷慨之感，是能够反映卢照邻的艺术造诣的。

人到中年，卢照邻患了不治之症。高血压或脑血栓引起的中风使其手脚蜷曲，行动困难。为了康复，他到太白山去拜孙思邈为师，不过药王对其重疾也没有办法。他还遵一个道士之嘱服用丹砂，遗憾丹砂反而加重了他的病。

沉疴一年一年地损害着诗人的心境。他也没有什么经济收入，衣食住行，竟都不得不接受富豪的捐赠。活着乏味，遂渐产生了解脱的念头。一天黄昏，这个饱受折磨的诗人三思之后，投河而死。

四

大约在卢照邻出生之后十四年，王勃和杨炯问世，时在公元650年。

王勃家在绛州龙门，是王通的孙子，其十四岁便对策及第。杨炯为华阴人，尽管少也贱，但他却居然在十岁被举为神童。

在我看起来，王勃和杨炯都属于那种文学天赋极高的人。他们不足二十岁便登上了唐帝国的文学殿堂，显然有天之扶，地之助。

城阙辅三秦，
风烟望五津。
与君离别意，
同是宦游人。

海内存知己，

天涯若比邻。

无为在歧路，

儿女共沾巾。

杜少府是王勃的朋友，有一年他要到蜀川去工作，王勃送行，遂为之写作了这首诗。其诗显然刷新了以往离别之诗的纤弱和黯然，音调爽朗，意境辽阔，还包含着一种灿烂气象。

如果能知道杜少府的一些经历，那么我便能推测王勃当时是多少岁，从而知道他在做什么。但我考证来考证去，却无法明白杜少府是何许人也，遂投书霍松林先生求教。霍是中国古典文学专家，精通唐诗，我想，他是有可能清楚杜少府生卒的，可我却一直没有收到霍的回信。霍是有问必答的学者，他不回信，我便只好自己分析了。

王勃到长安几年之后，沛王李贤慕其文采，招王勃进沛王府当了修撰。依我的推算，这一阵王勃是十八岁左右。沛王李贤是唐高宗与萧妃嫔所生，周王李显为唐高宗与武则天所生。周王小于沛王，很是喜欢斗鸡。有一天周王与沛王斗鸡，或周王的斗鸡没有章法，或周王的斗鸡霸道了一点，总之，王勃为沛王的斗鸡愤愤不平，遂忽发少年之狂，写作了一篇讨伐周王斗鸡的文章。文章全是玩笑的口吻，属于十足的游戏之品。然而唐高宗认为这是犯上，大发其火，并下令将王勃逐出沛王府。

一篇文章竟能惹祸，是年轻的诗人不知道的，诗人当然也不知道皇帝的尊严仿佛老虎的屁股，是不能随便触摸的。实际上王勃还没有触摸老虎的屁股，他无非是逗了逗斗鸡的尖嘴而已。问题在于，他所逗的是周王的斗鸡。

王勃便这样离开长安，到剑南去了。六年之后，唐高宗大赦天下，王勃才结束了凄哀的蜀川之旅，当了虢州参军。

我以为，王勃为杜少府送行，应该在他离开长安之前，当时是二十岁左右吧。

有一个相面师认为，王勃神强骨弱，气清体羸，难以大贵。王勃难以大贵，是否包含着诗人早逝的意思，我不懂。不过事实是，二十六岁那年，王勃乘船到交趾去探望父亲，途中不幸落水，惊吓而亡。

诗人渡海之前，曾经在南昌应阎都督之邀，登上滕王阁参加聚会，并在席间完成了自己的千古绝唱。读王勃留在滕王阁的作品，谁能不为诗人的遭遇而惋惜呢！

烽火照西京，
心中自不平。
牙璋辞凤阙，
铁骑绕龙城。
雪暗凋旗画，
风多杂鼓声。
宁为百夫长，
胜作一书生。

杨炯是一个反感靡丽与浮艳之相的诗人，并以自己的写作实践，倡导唐诗的明快和清新。这首诗慷慨激昂，刚健雄劲，是很能体现其风格的。

杨炯得以在唐政府弘文馆担任校书郎，依靠的当然是其能力，但他却犯了诗人共同的毛病，恃才自傲，鄙薄周围的官员，认为他们装腔作势，甚至讽刺他们总是在驴背上画麒麟皮，揭了皮终究还是驴。杨炯也是有道理的，不过他言语之尖酸，行为之偏激，便有所碰撞了。

他的一个表弟属于持不同政见者，也参加了徐敬业针对武则天的武装斗争，从而株连了杨炯。如果有文武大臣为他开脱，那么他将有可能躲过灾难，因为杨炯自己毕竟没有反对武则天。可惜他平常得罪了人，遂没有人帮助他。于是他就不得不接受贬谪到梓州去的结局。

杨炯与王勃是志同道合的朋友，王勃落水，其为王勃的诗集写作了序，盛赞王勃对唐诗的贡献，显然是很义气的。

杨炯四十四岁去世，也不是寿终正寝之人。

五

在王勃和杨炯六岁那年，宋之问呱呱坠地。

在唐帝国的诗人之中，宋之问属于五言的高手，甚至因为宋之问的写作实践，律体才得以定型。

他二十岁进士及第，一直在唐政府工作，而且得意地靠近了武则天。我以为，一个诗人能在集权统治的官场混得满面春风，一般都是趋炎附势之徒。事实是，宋之问其人真的喜欢攀缘，热衷恭维。

武则天有一年到龙门去玩，转着转着，忽然起了雅兴，遂吩咐左右赋诗。东方虬立即吟咏一首，当然是歌颂之词，武则天很是高兴，便赐东方虬一件锦袍。东方虬吟咏之后宋之问吟咏，当然也是歌颂之词，不过宋的阿谀来得甜蜜且巧妙，是后来居上，武则天十分舒服。于是女皇帝就扬手索回了她刚刚赏给东方虬的锦袍而将其赐于宋。宋之问受宠若惊，但东方虬却陷于窘境。不过这也没有什么，只要能提高阿谀之技，总是会光美的。然而东方虬要超过宋之问，似乎很难。

张易之是武则天的生活秘书，在为女皇帝服务之余，有时候也会赋诗，以显示自己的文学修养。由于张易之有这样的雅兴，遂推崇宋之问，并经常找宋之问切磋。宋难得有像张这样一个可以向女皇帝嘉勉自己的朋友，于是他就讨张的好，帮张写作诗，甚至宋把自己写作的让张当自己写作的四处宣扬。也许宋之问没有意识，但实际上他却不知不觉卷入了唐政府的权力之争。

公元705年，武则天弥留之际，丞相张柬之联络其他文武大臣以张易之兄弟图谋不轨为由，一举处斩了张易之兄弟，也顺便将宋之问贬谪到泷州去。

泷州远在岭南，这使年过半百的宋之问实在难以忍受泷州的蛮荒和凄凉，便在一天晚上溜出公所，潜逃而回。走到汉江的时候，宋之问望着北方的故乡，迷茫而害怕，遂赋诗表达自己的心情。诗人毕竟还是诗人，诗人的功力也是好的。这首诗很是富于情致，也逼真至极，我以为足以咀嚼。其诗云：

岭外音书断，
经冬复历春。
近乡情更怯，
不敢问来人。

回到故乡洛阳，宋之问只能藏匿于朋友张仲之家。当时武三思在唐政府很有势力，一些目光短浅的人便纷纷向其投靠。不过除恶的因素也在暗中增长，甚至宋之问的朋友张仲之竟打算以谋杀的办法干掉武三思。张仲之一直在策划这件事情，看见宋之问，便把自己的打算透露给了宋，希望能听听宋的意见，但宋却灵机一动，偷偷让其兄把张仲之的打算报告给了武三思。为感谢宋之问，武三思遂封宋一个鸿胪主簿的职务。宋的命运，就这样通过出卖朋友得到了改变，不过这只能是暂时的。

几年之后的一天，唐睿宗站在窗口望着终南山，蓦地想起了宋之问，他觉得宋之问其人的一生处处钻营，是有大罪的，遂下令宋自绝。

我看到的一份资料是这样记录的：到桂州去宣布圣旨的大臣传达了唐睿宗的指示以后，宋之问浑身抖动，虚汗翻滚。看到这里，我不禁说：可怜，应该！

宋之问对唐诗的贡献主要在形式。他的作品，显然缺乏一种境界之美。这也是正常的，因为像他这样的诗人要有境界之美，实际上是不可能的。

六

在宋之问出生之后五年，陈子昂出生。这一年，几十万唐军水陆并进，向高丽进攻。这一年，还有一件可以注意的事情是，波斯王子卑路斯在长安旅行。长安的繁荣和开放竟使他流连忘返，几乎要居留下来了。

陈子昂小时候不好读书，是十足的顽劣角色，但他却有侠胆，天资聪慧，悟性极强。这种人往往都是好钢，一经磨砺，便出锋芒。

十八岁那年，他受到启示，忽发读书之志。为了排除干扰，他竟钻进一座山里用功。几年之后，他脱胎换骨，成为学识丰富的文化人，而且颇有文学之才。公元 684 年，就是骆宾王为逃避唐政府缉拿而逃遁山林那年，陈子昂进士及第，准备在长安奋斗一番。

唐高宗是在洛阳逝世的，武则天决定按既定方针办，把其灵柩运回长安，葬于乾陵。这是唐帝国的大事，普通人一般都难以关心，但陈子昂得到其消息之后却立即上疏，极言关中之衰，盛赞洛阳之美，认为唐高宗宜于长眠洛阳。

武则天浏览了陈子昂的报告，觉得条理清楚，风格优雅而遒劲。尽管她不同意这个年轻人的建议，可她却接见了这个年轻人。武则天提了很多问题，陈子昂都流利地回答了，并表现了良好的气质。武则天极其满意，遂安排陈子昂在唐政府当麟台正字，之后当右拾遗。

陈子昂是有政治抱负的，也敢于提出自己的见解。这应该是一个文化人的优秀品质，但在一个集权统治的社会，元首及其大大小小的官员却未必喜欢这样的文化人。也许是武则天给了陈子昂一个开明的印象吧，而且这影响了陈子昂，于是他就一再向武则天反映自己的意见，并盼其能采纳。不排除陈子昂这样做是急于上进，不过他主要还是希望唐帝国健康和仁义，但武则天却对其厌烦起来。开明和表现开明显然是有本质区别的，可惜陈子昂不懂这一点。陈子昂当时向武则天反映的意见是，他认为唐政府文武大臣有轻视地方官员的倾向，他认为酷吏横行，刑法严峻。上疏之后，其便等待着批示。然而武则天根本不理他的意见，这使陈子昂很是失意。他感到了巨大的虚伪，也陷入了巨大的孤独。陈子昂不知道如何协调他与社会之间的矛盾，唯一的办法似乎是赋诗宣泄。

公元696年，武则天授权建安王武攸宜率兵进攻契丹，并任命陈子昂为武攸宜的参谋。把陈子昂调出唐政府，到底是工作的需要还是出于别的原因，陈子昂应该是清楚的。总之，我以为，诗人是带着情绪离开长安的。

在幽州前线，陈子昂根据敌我力量比较，提出了对敌作战的方案，但武攸宜却自以为是，一概拒绝了陈子昂的建议。于是刚刚交火，唐军便败给契丹了。

陈子昂为人认真，其完全是出于一种责任而请求武攸宜改变作战计划，他认为，最好派遣一万将士做前驱偷袭契丹，但武攸宜却坚决反对。于是两个人就对上了：陈子昂继续提出作战意见，武攸宜继续驳回其意见，循环往复，一再摩擦。武攸宜终于气急败坏，给了陈子昂一个降职的处分。陈子昂苦闷、激愤，可他却无可奈何。

幽州台是燕昭王曾经工作和生活的地方，有一天陈子昂登上了幽州台。在这里，他想到燕昭王招致贤达，礼遇下士，又想到自己现在所遭遇的挫折与压抑，感慨万千，苍凉而歌：

前不见古人，
后不见来者。
念天地之悠悠，
独怆然而涕下。

吟咏这首诗，我仿佛看到了北方无边无际的原野，原野上的风，风推着的人，看到了这个人胸怀大志而报国无门的悲痛。

这首诗永恒的魅力在于，它不但表现了怀才不遇的寂寞和哀伤，而且表现了宇宙之大，人类之小，人类的无力与无助。

在陈子昂三十八岁那年，他以父亲患病为由辞职回到故乡梓州射洪。县令段简判定陈子昂是发达之人，便想敲诈发财，办法是给陈子昂制造了一个冤案。为了安宁，陈子昂不得不给县令二十万钱，但县令却嫌其少，将陈子昂投入监狱，迫害致死。

我非常喜欢陈子昂的诗，也喜欢陈子昂其人。他身材低矮，相貌肃静，这一点很像我；他性格耿直，脾气急躁，这一点也很像我；唯其是杰出的诗人，我却碌碌无为。不过我和他并不隔阻，我和他有的是贯通之处。我想，如果我和陈子昂相遇，那么将一定会成为朋友的。九泉见吧！

七

在陈子昂出生十八年之后，张九龄出生。那年是公元 678 年，那年发生的灾难事件是，唐军败给了吐蕃。

海上生明月，
天涯共此时。
情人怨遥夜，
竟夕起相思。
灭烛怜光满，
披衣觉露滋。
不堪盈手赠，
还寝梦佳期。

诗是思念情人的，但情人是谁，是怎样的一个情人，却成了千古之谜。意境雄浑，气韵流畅，确实是高妙之品。

在唐帝国有职务的诗人，算起来也不少，张九龄当宰相，显然是级别极高的官员了。不幸的是，他在权力中心碰到了李林甫。

当时唐玄宗在为如何废黜太子作难。废黜太子，并不是太子犯了什么错误，无非是想立寿王为太子而已。寿王是武惠妃所生的，唐玄宗宠爱武惠妃，这就是立寿王为太子的全部理由。但唐玄宗的计划，却受到了唐政府文武大臣的反对。张九龄认为，变换太子将会引起混乱，甚至将动摇天下的根本，所以他当然也反对。

立寿王为太子遇到的障碍，使武惠妃极其惶恐，然而这竟成了李林甫献媚的机会。李林甫的思路是，在关键之际给武惠妃以帮助，其一定会向唐玄宗美言他的，重要的是，如果立寿王为太子成功，那么他在今天给予的帮助将有可能在明天得到丰厚的回报。盘算之后，李林甫便在暗中贿赂太监，让其向武惠妃传递他支持寿王的信息，并表示要保护寿王。武惠妃很是感激，不过她也知道，李林甫的支持固然是必要和及时的，然而李林甫只有在掌握了大的权力之后，其支持才能发挥大的作用。于是她就为提拔李林甫自觉工作了，而且立即见效。

有一天，唐玄宗质询张九龄对李林甫的意见。张觉得做人要坦荡和忠诚，不应该隐瞒自己的观点，便指出李口蜜腹剑，非君子也。可唐玄宗却不以为然，反之任命李林甫为礼部尚书，并封晋国公。李林甫日益得势，气焰升腾，而且加紧了对张九龄的排斥。唐玄宗居然相信李林甫的谣诼，渐渐冷遇张九龄，随之干脆罢免了他。

公元737年，负责监察工作的周子谅上疏要求弹劾官员牛仙客，这是唐政府新的一波权力之争。周子谅在其指控的报告之中，引用了一个谶语，不料它强烈地刺激了唐玄宗。一怒之下，唐玄宗放了牛仙客，转而下令杖杀周子谅。

李林甫窃喜，因为他终于抓住了报复张九龄的把柄。其告诉唐玄宗，周子谅进入监察部门是张九龄举荐的，张是周的后台老板。唐玄宗不做研究，便把张九龄贬谪到荆州去了。

这一年张九龄已经六十岁，他很清楚，自己离开长安，就不能返回长安了。他悲愤交集，并为唐帝国担忧。

诗人担任宰相，在中国历史上并不多见。官员都由诗人构成，显然是不合适的，但官员没有良好的文化修养，却是危险的。我以为，以进士及第的途径选拔官员，也许有种种弊端，但它却能够保证一个官员积累充足的知识。过去的奏章现在还可以当作散文欣赏，然而今天的文件在明天充其量只是一些资料。如此退化，岂不悲哉！

八

王之涣小张九龄七岁，是公元 688 年出生的。

白日依山尽，
黄河入海流。
欲穷千里目，
更上一层楼。

鹳雀楼在蒲州，登上鹳雀楼可以高瞻远瞩，还可以题诗。王之涣的这首诗，就是题于鹳雀楼的。其雄浑、壮阔，富于理趣。也许鹳雀楼会一毁再毁，但王之涣的诗却能不朽。

王之涣其诗在当时便久经轰动，并总是为乐工所谱曲，为歌女所演唱。可惜诗不是铁饭碗，甚至连瓷饭碗也不是，而且永远不是。除了写作诗之外，王之涣还需要一个工作，以实现自己的抱负。他具体的想法是到唐政府去工作，因为在当时，检验一个人是否成功，主要是看他的职务如何，有职务，才有俸禄。问题是，要取得职务，就必须有一个进士的资格。可王之涣却连连落榜，一直未能及第。这不但制约了他进入唐政府，而且也给王之涣以伤害，其竟为自己不是进士深深羞愧。好在他还是一个著名诗人，聊以拜见权贵，求得支持。王之涣的功夫似乎没有白费，因为他毕竟谋到了一个位子，是县尉。不知道诗人自己是什么感觉，在我看起来，其无非是唐帝国对诗人的一种安慰而已。

九

孟浩然小王之涣一岁，是襄州襄阳人。在他出生那年，酷吏周兴乱捕滥杀，长安牢满为患，一片恐怖。

移舟泊烟渚，
日暮客愁新。
野旷天低树，
江清月近人。

这首诗让我觉得很是凄楚，甚至有一种幻灭之感，但它绵绵的魅力却仿佛山涧之水一样在静静流淌，无休无止。

孟浩然四十岁以前，一直隐居鹿门山，然而隐居并非其目的。

公元728年，孟夫子感觉时候到了，便拿起行包，关上柴扉，走出了鹿门山。他到长安来参加进士应试，当然还是有信心的，并遵高士之嘱，把其诗赠给政界官员和社会贤达，以扩大影响。他一向敬仰张九龄，也就把自己的诗赠给张九龄了。可惜不知道什么地方出了错，孟夫子竟未能成为进士，这显然是一个沉重的打击。

离开长安，他做了一次吴越之旅，之后回到故乡。过了几年，张九龄左迁荆州做刺史，忽然想起孟夫子，遂招其在自己的幕府工作。由于都是诗人，他们互相唱和，多少减轻了对人生的失意和苦涩。

我感到孟浩然是一个内向的诗人，自尊的诗人，也是一个善良而谦逊的诗人。我可以想象他落榜之后的沮丧与虚弱。我仿佛看见了他孤独地走在长安街上的样子。我能体会他的悲酸和伤感。

十

王昌龄小孟浩然一岁，生于公元690年。其故乡在何处，是一个有争议的问题。根据一些零星的记录判断，诗人大约属于关中人。

在王昌龄出生那年，武则天终于自封为皇帝，从幕后走到了台前。武则天登基之后的一个创举是，为选拔人才，下令要用密封卷子。在中国，把考试卷子密封起来的办法，一用竟是千年之久，也许这是武则天所没有料到的吧！

秦时明月汉时关，

万里长征人未还。

但使龙城飞将在，

不教胡马度阴山。

这当然是王昌龄的诗。大约过了几个世纪，明帝国有一位文化人李攀龙将其诗推崇为唐诗七绝的压卷之作，以后，著名学者沈德潜进而大赞王昌龄的高妙。我吟咏这首诗，体会深的是诗人性格的凌厉，激情的喷涌，及其那个时代所有的一种建功立业的精神。

王昌龄可能去过西北萧关一带，还去过楚河流域的碎叶。诗人在唐政府秘书省工作的时候，已近四十岁，之后当汜水县尉，再当江宁县丞，显然官越当越小了。王昌龄的问题出在言论放诞，行为傲慢，得罪了权贵，从而使自己一降再降。

在贬谪岭南那次，他必须经过襄州襄阳，遂登门看望了孟浩然。孟夫子为王昌龄的到来非常高兴，又是喝酒，又是吃鱼，竟使自己身上的毒疮发作，乐极生悲病逝了。

王昌龄在岭南得过且过，总是天真地认为贬谪是暂时的，他将回到长安，因为其有冰心一片，岂不知唐政府根本就不发给他调令。一直到安史之乱，王昌龄才离开岭南，然而在路上他竟遇到了麻烦。进入亳州的时候，这里的刺史闾丘晓莫名其妙地逮捕了王昌龄，并把他狠毒地杀了。

十一

大约在王昌龄出生十年前后，王维出生。那一年从边境传回的捷报是，唐军打败了侵犯凉州的吐蕃，于是长安张灯结彩，鞭炮轰鸣，处处有喜庆色彩。

独在异乡为异客，
每逢佳节倍思亲。
遥知兄弟登高处，
遍插茱萸少一人。

王维家在蒲州，不过他很小便到长安来了。 在十七岁那年，他一个人居于客栈，适逢重阳节，长安街上满是快乐的人，其触景生情，想起了远在故乡的兄弟，遂写作了这首诗。

十七岁便能写作如此隽永的诗，可见王维的天分了。 事实是，他以其辉煌的文学业绩，奠定了一个杰出诗人的地位。 必须承认，不管是在艺术的造诣方面，还是在内容的拓展方面，王维对唐诗的发展都有巨大的贡献。 实际上王维不但是杰出的诗人，而且是优秀的画家，并擅长音乐。 其修养全面，连苏轼也极其欣赏。

王维应该算是顺利的。 他二十二岁进士及第，随之得到张九龄的擢升，在唐政府担任了右拾遗，其职务相当于现在的纪律检查委员会的干部，是对文武百官进行考核和规谏的。 能够得到张九龄的器重当然是好事，不过在张九龄与李林甫产生矛盾之后，好事便变成坏事了。 王维不得不夹着尾巴，甚至是前怕狼后怕虎，唯恐自己卷入矛盾之中。 他知道自己身处夹缝，稍稍不慎，便会惹祸。

在唐政府工作，王维似乎难以轻松和潇洒。 我以为，有一件事情很能反映他紧张的精神状态。 孟浩然在长安的时候，有一天应邀到王维的办公室去了。 诗人相聚，当然要切磋一下艺术，不料正在讨论之际，唐玄宗来了。 王维惊慌至极，不但不敢荣幸地向唐玄宗介绍孟夫子，反而要委屈孟夫子，使之赶快爬到床下，以防唐玄宗发现。

不过王维真正的灾难，是由安史之乱引起的。事情发生在公元 756 年，当时安禄山的部队即将攻入长安，唐玄宗知道来者不善，遂率第一家庭及唐政府主要官员放弃京师，向成都转移。由于王维忙于别的事情，没有跟上，遂为叛乱分子所抓获。王维清楚这是很麻烦的，便下定决心，拒绝合作。他吃了一种药，使自己喑哑，从而保证守口如瓶。但王维却终于为自己的名声所累，因为他既是官员，又是诗人，安禄山想利用其声望。叛乱分子把王维从长安押到洛阳之后，安禄山便让他担任了一个给事中的职务。尽管它是安禄山硬给王维戴上的帽子，他对那顶帽子充满了厌恶和害怕，然而无论如何是戴上了，便难免有失节之嫌，其为之非常郁闷。他写了一首诗，反映了自己在这个阶段的痛苦，并表现了对唐帝国的深情怀念。唐军收复长安之后，当然要处理失节的官员。虽然王维有给事中的帽子，但他却也有自己的诗证明其忠诚，从而得到了唐肃宗的谅解。

王维晚年一直当尚书右丞，这使他有足够的薪水，不过他显然已经看破了红尘。其经常住在辋川的别墅，过着半官半隐的生活。诗人似乎并不得意，也不愉快，我甚至还感到了他的消沉。

十二

李白小王维一岁，是公元 701 年下凡的，其出生之地在遥远的楚河流域的碎叶。

一些想神化李白的人总是宣扬，在李白脱胎之际，其母亲看到金星一闪，炫耀的光芒照亮了夜空。然而实际情况是，在这一年，天下平平静静，并没有任何预示李白诞辰的征兆。

不过李白毕竟是以一个伟大的诗人而存在的，唐诗瑰丽的高峰，也是由李白之手创造的。

在我看起来，李白是这样一个诗人，他摇振着浪漫主义的翅膀，飞翔于民歌和神话的蓝天白云，但其眼睛却望着人类的烟火与红尘，并能融化于心，炼之为章。其作品雄奇豪放，痛快淋漓，充分表现了诗人灵魂的搏动与个性的自由。语言流转多变，音律和谐多奏，从而微妙地表现了诗人的感觉与情绪。

我以为在文学方面，中国可以向国际社会推举的大师，在公元前4世纪或3世纪，是屈原；在公元前2世纪，是司马迁；在公元4世纪，是陶渊明；在11世纪，是苏轼；在18世纪，是曹雪芹；在20世纪，是鲁迅。公元8世纪，是中国人的鼎盛时代，出现了两位文学大师，一是李白，一是杜甫，李高于杜，杜雄于李。

那么诗人的命运呢？命运是大起大伏的。

小时候，李白随父亲迁居蜀川，所以其当为绵州昌隆人。他在故乡青莲度过了调皮的少年和放任的青年，并培养了侠气与道骨。他也喜欢读书，不过大为喜欢的还是舞剑和饮酒。

大约二十五岁，李白奔下岷山，漂流长江而去。几年之后，在安陆娶妻，但他却一点也不满于捕鱼种稻和养儿育女的生活。其胸怀大志，常常往来于襄州襄阳一带，寻找发展的机会。在这一阵，他结交了孟浩然。此时此刻，孟浩然在鹿门山醉月迷花，尽管还没有到长安去亮相，可他却已经扬名天下了，李白当然很是羡慕。

李白率真至极，总是不注意细节，这使他有一天遭到了指责和诽谤。当时如果有人能站出来主持正义，为李白辟谣，那么他将有可能多在安陆住一段时间。然而安陆的长官一味相信蜚语，使李白蒙冤。其一怒之下，扬长而去，目标当然是长安。

李白初入长安，大约三十岁的样子，既没有名气，又没有依仗。进入官场显然是艰难的，思之再三，他便隐居于终南山了。不过李白的隐居之意不在藏，在乎靠拢玉真公主也。

玉真公主三十岁左右，是一位女道士，公元 712 年出家的。不过她并非一般的女道士，其为唐帝国元首唐玄宗的妹妹。她还在终南山有一套别墅，并经常邀请诗人到她的宅院去聚会，因为玉真公主一向好风雅之士。王维在进士及第之前，就曾经由岐王李范陪着赴玉真公主的别墅做客。王维相貌清秀，文质彬彬，是一个多才多艺的年轻人，玉真公主一见就喜欢。王维有一条通畅的仕途，固然在于学识和能力，不过也在于他有一伙贵族子女帮助，其中包括玉真公主的帮助。

李白迫切希望自己能像王维一样得到玉真公主的扶持，问题是，他缺少王维那种可以让玉真公主欣赏的气质和修养。他所操的节奏迅急的蜀川方言，他的乡野之习和粗犷之举，似乎都令玉真公主皱眉。

受到玉真公主婉拒之后，李白沮丧了几天。不过他的精神很快便恢复过来，转而结交宰相张说的儿子，唐玄宗的女婿张垍。李白一再投诗张垍，吹嘘其才，褒奖其德，表示自己有管仲和乐毅的能力，可以当唐帝国的辅弼。他还表示，如果张垍能举荐他，那么他将一定会在翻身以后报答张垍。尽管张垍是一个红得发紫的人，但实际上却是一个绣花枕头，既无才，又无德。张垍不可能认识李白，当然也不可能举荐李白。事实是，他对李白的呼吁给予了嘲弄。

李白岂是求人之徒？他求玉真公主，求张垍，显然是不得已而为之。人可以不拉他，不提他，但你却不可以嘲弄他。遗憾张垍自以为了不起，居然给了李白一个嘲弄，这一下惹恼了李白，于是他眼睛一瞪，就回敬了张垍一个讽刺。

李白在长安摸索了近三年，弄得穷愁潦倒，一无所获。他觉得继续奔波也不是办法，遂在一个春天的早晨绕树三匝，黯然而去。

李白再入长安，已经四十二岁，是在公元 742 年的秋天，由会稽道士吴筠向唐玄宗举荐的。当时唐帝国的人口足有四千八百九十万，版图扩大，经济繁荣，形势一片大好。不过物极必反，唐帝国也存在着潜在的危机。其主要原因在于唐玄宗，他五十八岁，渐渐老了。关键是，随着年龄的增大，他过去所有的进取精神显然在消失。他变得非常注意生活享受。他认为江山巩固，天下之财取之不尽，用之不竭。悲哀的是，从五十二岁那年开始，他竟完全陷进了杨贵妃的温柔之身而难以自拔。

李白荣幸地朝见了唐玄宗。金銮殿的辉煌，文武百官的威仪，歌舞之女的霓裳，使李白感觉一片缭乱，甚至神魂颠倒。不过他毕竟还能自制，知道机会难得，遂聚精会神，向唐玄宗表达了自己的政治见解与抱负，随之以饱满的感情，赋诗一首，歌颂了唐玄宗。

唐玄宗所看到的李白尽管小节嫌粗，但李白却豁达放诞，恣情任性，确实有奇异之才。他显然十分喜欢诗人，因为诗人将会给他制造欢乐和热闹。 在融融的气氛之中，唐玄宗伸出他尊贵的手，亲自为李白调了羹。 这不平常的一举，让唐玄宗周围的人很是惊诧，特别是张垍，虽然唐玄宗也喜欢他，可唐玄宗却从来也没有让他吃，让他喝，遂生出了对李白的嫉妒之情。 唐玄宗似乎认真地考虑了诗人的政治理想，并立即同意让李白到唐政府去工作，不过职务只是翰林供奉。

有那么一阵，李白颇感得意。 他把自己旷世之豪情，绝代之文采，显然都发挥了出来。 兴庆宫沉香亭是唐玄宗携杨贵妃赏花之处，此日，春光融融，唐玄宗观牡丹灿烂，听音乐悠扬，忽然有所感，遂想谱曲，可惜一时没有合适的词，便觉得扫兴。几个侍从发现唐玄宗神情倦怠，就灵机一动，风一般跑出去寻找李白。 但李白却没有上班，那么他在哪里呢？ 其居然大醉，并睡在了长安街上的酒肆之中。 几个侍从把诗人搀扶到兴庆宫，以凉水激其脸，使诗人清醒。 李白眼睛一睁，便是十首诗，而且无不使唐玄宗满意。

唐玄宗和杨贵妃经常要到骊山温泉去休息，为避免寂寞，唐玄宗便带着一些人奉陪。 俗子是不可以当奉陪的，但李白却可以，李白是诗人。

然而诗人并没有一直得意下去，反之诗人渐渐感到了一种失望。 诗人发现自己在唐政府的工作除了赋诗填词之外，几乎没有别的。 赋诗填词，供皇帝开心，当然是诗人应该的，不过诗人也认为，他还应该为唐帝国发挥自己的雄才大略。 诗人觉得，他并非没有其他能力。 他自问，为什么只是让我当翰林供奉，难道我就不能干别的事情么？ 赋诗填词，也太无聊，也太乏味了。 于是诗人就闹起了情绪，并经常怠工。

也许唐玄宗不清楚李白的所想，也许清楚，只是装着不清楚，也许唐玄宗根本就没有在意李白是怎样的状态，总之，他对李白依然亲热，依然嘻嘻哈哈。但李白却越来越苦闷，甚至越来越失礼。

有一天，他在金銮殿上竟呕吐了秽物，弄得一塌糊涂，歌舞之女都不由自主地举起广袖捂其鼻子。没有人不担心唐玄宗会大发其火的，但实际上唐玄宗却非凡的大度，认为那是大醉之后的所为，遂宽容地一笑了之。

不过在后来的一次大醉之中，李白竟当众跷起一只臭脚，要高力士给他脱鞋。高力士是给皇帝脱鞋的，给皇帝脱鞋是神圣的工作，可李白却并不是皇帝，他高力士能给李白脱鞋么？当然不能！李白也不撒一泡尿照照自己是谁，居然当众把自己的臭脚塞给了他高力士。高力士感到了一种侮辱，遂怀恨在心，准备报复。

高力士的办法显然极其毒辣，这便是从李白所写作的诗与词之中，摘其涉及赵飞燕的句子，并加盐加醋地告诉杨贵妃：李白这家伙通过批评赵飞燕在影射您呢！高力士巧妙地离间了杨贵妃与李白的关系，结果是，杨贵妃一下便对李白憎恶起来，而且她必然向唐玄宗数落李白的不是。

张垍也不能容忍李白的潇洒和飘逸，何况他与李白早就心存龃龉，只是时候不到，张垍才没有把自己对李白的鄙薄报告给唐玄宗。

也许唐玄宗并非没有重用李白的打算，不过亲近的人都这么讨厌李白，他便对之冷淡起来。

以李白的敏感，很快就觉察了一股排斥他的势力，但他却不愿意以阿谀奉承的方式改变自己的生存环境，不愿意摧眉折腰。反而要啸傲长安，为酒之仙。

不过为酒之仙并非李白的本真。其本真是要掌握权力，救世济民，轰轰烈烈地大干一场。酒之仙表面上自由自在，目空一切，可实际上却很是苦闷。时间一长，他自己也觉得总当酒之仙不是上策，遂朝见唐玄宗，希望皇帝能批准他辞去唐政府的工作以云游四方。对于李白的请求，唐玄宗表现了极大的开通。他不但同意诗人走，而且吩咐左右给诗人带了很多钱。于是诗人就走了。

这是公元744年春天的事情。公元742年安禄山为平卢节度使，这一年他又担任了范阳节度使。公元736年高力士把杨玉环介绍给唐玄宗，之后一直以杨太真之名侍奉皇帝，不过在这一年加紧了册立她为贵妃的步骤。

李白因为苦闷离开了长安。在我看起来，这种苦闷也不仅仅是由于他不能尽其才导致的。我以为，李白的苦闷还由于他觉得自己失去了独立的精神。他是怀着自己的政治理想赴长安的，但实际上他却成了一个歌颂皇帝的专家。他甚至还不得不承受皇帝周围一帮狗男狗女的冷脸和谮言。这些都伤害着李白，并催化他告别长安。生活在公元4世纪的陶潜，就是为了精神之独立而归去来兮。我以为，李白之弃长安与陶潜之弃彭泽令是一样的。

中国文化人多喜欢苏东坡，认为他多才多艺，宽容，随和，能忍让，善通融，应变能力颇强。不过我觉得，而且确信，如果以对个人的生存计，那么苏东坡的方式比陶潜和李白的方式有价值，但如果以对社会的文明与进步计，那么陶潜和李白的方式却比苏东坡的方式有价值。苏东坡智，陶潜和李白高，因为陶潜和李白注意他们的节。维护精神之独立是艰难的，甚至会有牺牲。不过唯其艰难，能维护精神之独立才显得可贵。

公元755年，安史之乱爆发，永王李璘乘机发展自己的势力，并起兵，企图在混战之中当皇帝。也许李白功名心切，竟应邀到李璘幕府去了。不料唐军转败为胜，收复了长安和洛阳，而且调头击溃了李璘。由于李白犯了路线错误，唐政府逮捕了他，并要腰斩之。多亏郭子仪再三为李白求情，唐肃宗才下令改腰斩为流放。李白恼羞交加地走在通往夜郎的路上，考虑着自己在陌生之地将如何度日。沮丧之际，唐肃宗忽然对李白改流放为赦免，于是诗人就在惊喜之中调头而返。不过他怎么也不能想到寻阳的警察会拘留他，而且不由分辩便将其关进牢房。李白不知道这一切是如何发生的。他无可奈何，唯有等待上帝的安排。这时候，恰恰有一位开明的官员经过寻阳，可怜李白之才，遂打通关系，使诗人得以释放。他还邀请诗人当他的助手，不过诗人只是干了一阵，以表示感谢，随之就走了。

公元761年，六十岁的李白出于生活之忧，投靠当涂县令李阳冰。过了一年，李白大醉而死。我想，诗人应该是在梦中告别了这个世界吧！

白酒新熟山中归，
黄鸡啄黍秋正肥。
呼童烹鸡酌白酒，
儿女嬉笑牵人衣。
高歌取醉欲自慰，
起舞落日争光辉。

游说万乘苦不早，
著鞭跨马涉远道。
会稽愚妇轻买臣，
余亦辞家西入秦。
仰天大笑出门去，
我辈岂是蓬蒿人。

这是李白四十二岁那年的诗，当时他接到圣旨，要离家到长安去。李白显然相信自己的政治理想即将实现！他是多么得意，多么痛快，多么自负而自大。他激动得仿佛要跳起来！不过在了解了李白的经历之后吟咏这首诗，我以为，任何人都会觉得荒唐，尴尬，想哭，想笑，哭笑不得，久久沉默。

十三

高适小李白一岁，大约出生于公元702年。在这年，我所喜欢的诗人陈子昂死了。

千里黄云白日曛，
北风吹雁雪纷纷。
莫愁前路无知己，
天下谁人不识君。

这首诗是高适赠其朋友董大的，有温馨之感，也有希望之光。多年之后，董大成了艺术高超的琴师，不过在当时他真是默默无闻，甚至无钱沽酒。依我的想象，那是一个冬天的傍晚，董大按自己的安排必须走了，可他却不知道等他的将是什么。他顾虑重重，没有把握。风烈，雪大，天也黑了下来，这都增加了董大的忧郁和压抑。 虽然高适也处沦落之中，然而在朋友远行之际，他一点都不愿意流露自己的穷愁和愤懑，反之，他一直安慰朋友，盼朋友能看到自己的光明。 他握住董大的手说：“莫愁前路无知己，天下谁人不识君。”高适就是这样把信心与力量传给了董大，也传给了孤独的我。

高适为寒门之子，年轻时候，很是落魄，但他却胸怀大志，既读书，又舞剑，希望有所作为。 二十岁前后，他从沧州赴长安，希望以自己的文才武略进入主流社会。 遗憾的是，长安街上似乎十分喧闹，但仔细观察，却处处是冷脸。

高适碰壁之后，便离开长安，到边塞去了。 宋州刺史张九皋属于英明之人，他发现高适是有能力的，遂给其创造条件，使高适进士及第，并帮助他当了封丘县尉。 滑稽的是，这时候高适已经近乎五十岁。 县尉的工作是奉迎官员，鞭挞黎庶，高适不免委屈，遂挂冠而去。

不知道谁做的介绍，总之，高适忽然进了哥舒翰的幕府。他随哥舒翰先在河西防守吐蕃侵犯，后在潼关阻击安禄山的叛乱，似乎是把好钢用在了刀刃上。

大约六十二岁那年，高适晋升为唐政府刑部侍郎。 不过他很快就受到奸佞中伤，唐代宗竟撤销了其职务。

高适也有丧德之举。 为了有一个靠山，他赋诗颂扬过李林甫，甚至肉麻地以傅说和萧何比李林甫，也赋诗吹捧过杨国忠。也许这都是不得已而为之，但追究起来，我却仍为高适遗憾。不过人生太难了，太难了，谁能保证自己是完美的呢？

十四

大约在高适出生之后十年，杜甫出生于河南巩县（今巩义市）。

这一年是公元 712 年，李隆基在这一年即位。年轻的皇帝雄心勃勃，励精图治，发誓要把唐帝国引向一个高峰。经过近三十年的努力，他实现了宏愿，确实使唐帝国登上了高峰。

当时的长安南通子午谷，北到龙首原，东临灞河，西濒沣水，是世界上最大最美的都市，当然也是最繁华的都市。长安的中心属于宫城，外延是皇城和郭城。长安到处都是大殿、官邸、寺庙、旅馆和园林。经常到长安来的，有日本人和朝鲜人，还有海湾一带的波斯人。长安到处都是游侠和歌女，长安盛行斗鸡和饮酒。

岱宗夫如何？
齐鲁青未了。
造化钟神秀，
阴阳割昏晓。
荡胸生层云，
决眦入归鸟。
会当凌绝顶，
一览众山小。

杜甫的父亲是一个平庸的人，名不见经传，但其祖父杜审言却是进士，是诗人，还是武则天的生活秘书张易之兄弟的座上宾。杜甫起码生活于富裕之家，甚至多少是在荫庇之下成长的。他所接受的教育，显然是儒家教育。他知道自己追求的应该是报效唐帝国，也必须出人头地，光宗耀祖。年轻时候，杜甫除了读书之外，还旅行吴越，浪迹齐赵，以锻炼体魄，开阔视野。

关于泰山的这首诗，便是杜甫在裘马轻狂的岁月所写作的。在我看起来，它十足地表现了杜甫的一种向往，也流露了他的征服欲望。

二十四岁那年，杜甫在家长的一再催促之下，才从云游的半途返回故乡。他匆匆地参加了在洛阳的应试，还自以为可以及第，实际上他落榜了。不过这一次失败似乎并没有影响他什么，他仍热衷于云游。

杜甫三十二岁那年在洛阳见到了李白。当时李白刚刚离开长安，心情很糟，但杜甫却极其高兴。接着他还见到了高适。年轻的杜甫显然十分激动，甚至放弃了新婚之乐，陪两个名家到梁宋一带走了两年。

公元746年，杜甫西行进入长安。他似乎有了一种紧迫之感，因为已经三十四岁，不是可以意气用事的青春少儿了。一年之后，唐玄宗在京师发出指示，号召天下之士，凡是有一门专长的，皆赴长安，以参加应试，让唐政府选拔。杜甫知道这是一次难得的机会，遂居于长安的客栈闭门读书。除了准备功课之外，他也在寻找关系，盼能得到权贵的支持。杜甫明白，仅仅有优异的成绩还是不够的。总之，他充满了希望。

李林甫主持唐政府工作忽忽有十二年之余了，此间，由于他把主要精力用在了打击精英分子，遂没有什么可以骄傲的政绩，反之留下了斑斑恶迹。唐玄宗下令选拔人才，使其十分惊慌。

他担心天下之士在回答皇帝问题之际揭露自己。想来想去，李林甫便给唐玄宗出了一个美妙的主意，他说：参加应试的多是乡村之徒，言语粗俗，举止鄙陋，为免熏染陛下视听，选拔人才完全可以从地方到中央一级一级选拔。在唐玄宗的领导之下，唐帝国显然很是昌盛了，但他却也在绿酒红灯之中昏庸起来，尤其是丰腴的杨贵妃，她像海洛因似的使唐玄宗上了瘾。李林甫关于如何选拔人才的办法，显然包藏着祸心，可唐玄宗却觉得是为了他的健康，从而同意了李林甫的意见。实际情况是，李林甫紧紧控制了这次应试的程序，并增加了应试难度。由于节节作梗，关关设卡，唐帝国在公元747年竟没有一个人成为进士。李林甫心花怒放，嘻嘻地告诉唐玄宗：野无遗贤了！

李林甫以伤天害理之术，淘汰了成千上万有专长的人。杜甫为自己的落榜欲哭无泪，欲罢不能，只剩下坐在客栈借酒浇愁了。不过以他的个性，显然还会努力，并争取功名。

大约从这个时候开始，杜甫的人生便进入了一个惨淡经营的阶段。他不得不巴结显要，以获提携。他一天一天地萎缩起来，甚至朝扣富儿之门，暮随肥马之尘，到了晚上，才骑驴回到自己的家。不过晚上在家也不能安眠，因为他还要点灯写作一些甜蜜之诗以赠权贵。

杜甫做汝阳王李琎的门客，而且委曲求全，当然是希望汝阳王能援引他，但汝阳王对他却终于没有什么帮助。韦济担任尚书左丞之后，杜甫再三投其诗，并哀告自己是老骥，是饿鹰，几乎是在求救了，可韦济却硬着心，不肯助其一臂之力。杜甫还投诗于张垍，甚至闭着眼睛吹捧张垍是灿烂的明星，然而张垍一直不冷不热，使杜甫难堪。

也许杜甫突然醒悟，小鬼都是势利的，是阴暗和吝啬的，遂改变方式，决定敲阎王的门。他所做的是投诗唐玄宗，赞颂皇帝的英明与伟大。不知道长安的风把杜甫的诗吹到哪里去了，总之，他的诗没有产生任何反应。杜甫急了，并下定决心，发誓要让唐玄宗知道他。于是他就坐在窗前，绞尽脑汁地炮制了三篇赋，把其作为大礼，在一个节日敬呈唐玄宗。杜甫的三篇赋倒是引起了唐玄宗的注意，其尝吩咐朝臣对杜甫做考察。杜甫不愧是有毅力的诗人，诗人的机会应该是到了。不过李林甫还活着，这就麻烦了，因为李林甫已经宣告野无遗贤了。在野无遗贤的背景之下，怎么可以发现一个杰出的诗人呢？如果谁把杜甫挖掘出来，那么谁就是打了李林甫一个嘴巴。唐帝国的生活是开放的，但唐政府的政治却并没有开放，不过是集权统治而已。结果呢？结果当然不妙。

杨国忠取代李林甫之后，杜甫开始琢磨怎么才能得到杨国忠的扶持。经过侦查，杜甫发现一个名为鲜于仲通的人是杨国忠的亲信，遂投诗鲜于仲通，请求其举荐。然而鲜于仲通根本不是善良之人，其十分干脆地拒绝了杜甫。

长安显然伤透了杜甫的心，这使他不得不做别的打算。他知道高适在哥舒翰幕府，很是羡慕，遂想到遥远的边塞去。他投诗哥舒翰，表示愿意做其助手。杜甫恳恳切切，甚至发凄凉之音，但哥舒翰却未答应他。

杜甫便只好滞留于长安。长安为京师之地，人口稠密，物价很高，杜甫是没有工作之人，生活遂十分困难。少陵原一带有其旧宅，还有一些老田，于是他就在少陵原种谷种麻，聊以度日。

公元 753 年，长安苦雨，杜甫家的房子到处漏水，以致墙上发霉，地上生苔。潮湿久浸，使他患了感冒，感冒又引起了气管炎，气管炎又引起了肺气肿。杜甫昼夜咳嗽，吃也吃不好，睡也睡不好，遂面黄肌瘦的。当然可恶的还是肺气肿，它一旦缠住杜甫，便紧紧贴在他的身上了。事实是，到杜甫死于湘江，这个肺气肿也没有离开过他。

在断炊的一些日子，杜甫还曾经混入长安的难民之中领取唐政府的救济粮。依我的想象，杜甫当时该是破衣烂衫，满脸痛楚。不过杜甫这时候才具风度，因为它显出了十足的诗人气象。

杜甫贫病交加，显然不可能升官发财了，于是所谓的朋友就都回避着他。我以为，这也没有什么，它甚至还增加了诗人的体验，使诗人的眼睛更毒辣更深邃了一层。

公元 754 年，杜甫艰苦到了极点，竟不得不让妻子和孩子投奔家在奉先的一个亲戚。之后，杜甫将反复奔波于长安与奉先之间。大约就是这些奔波使他有机会发现社会贫富的两极分化，他说：

朱门酒肉臭，
路有冻死骨。

公元 755 年，杜甫忽然收到唐政府一份文件，是要他担任河西县尉的。征收赋税，追捕盗贼，而且是在荒凉之地干这些勾当，杜甫感觉沮丧，遂没有上任。不知道是谁做了通融，总之，唐政府转而让杜甫当京兆府兵曹参军。它也属于芝麻官，不过它多少要用一点笔墨，符合诗人的身份，工作地也还在长安周围，容易交往，晋升的机会显然会多一些。杜甫便接受了京兆府兵曹参军的任命。四十四岁才当了一个芝麻官，尽管是让诗人汗颜的，然而杜甫总算走上了仕途。

不料一月之后，便爆发了安史之乱，它电闪雷鸣似的打碎了社会的秩序，也打碎了杜甫的人生设计。

在战争期间，杜甫有一阵也做了俘虏，不过他没有像王维那样因显赫和名气而为安禄山所利用，其衣衫褴褛、身体虚弱，是惟妙惟肖的一个难民。一天黄昏，他乘士兵不注意，迅速藏在了一片树林之中，从而摆脱了叛军的控制。

杜甫跑出长安，西行到凤翔，在这里拜见了指挥唐军平乱的唐肃宗，并向皇帝忠实地汇报了自己在长安的经历。杜甫的表现让唐肃宗满意，遂任命其为唐政府左拾遗。杜甫终于进入了权力阶层，能不激动吗？事实是，接到圣旨之后，杜甫激动得失声痛哭。

公元 757 年，郭子仪率兵收复了京师，杜甫随唐肃宗及其唐政府百官回到了长安。这一阶段，他的生活似乎还算惬意。他不但有俸禄，而且在大明宫早朝的时候，得以参加诗人的唱和，这些诗人包括有王维和岑参，还有贾至。杜甫有这样的生活确实是来之不易的，何况他年近五十，应该珍惜才是。但诗人却不会明哲保身。

宰相房琯在平乱期间，率兵作战，屡屡失败，遂招致了唐肃宗对他的不满。也许聪明的办法是检点自己，把别的工作做好。可房琯却大而化之，不但缺乏反省之意，而且居然窝藏一个嫌疑分子。唐肃宗极其恼火，就贬谪了他，甚至还要斩处之。在杜甫困难的岁月，房琯曾经给予诗人以支持。于是诗人出于义气，尽力为房琯辩护，遂得罪了唐肃宗。公元 758 年 5 月，唐政府一纸文件便把杜甫降为华州司功参军，负责祭祀之类的工作。杜甫敢怒而不敢言，悲愤地离开了长安。

过了一年，他就到成都去了。

在成都的那几年，人生的失意显然扭曲了杜甫，他抑郁、怨恨、傲慢、偏激，经常大发脾气。严武一家与杜甫一家属于世交，严武担任成都尹和剑南东西川节度使之后，出于善意，邀杜甫在其幕府工作，并举荐他当检校工部员外郎，是很照顾他的。可他对严武却不领情，不尊重。见到严武，他也不戴头巾，也不打招呼，使严武没有一点面子。有一次杜甫喝多了，发起酒疯。他居然一下站到严武的床上，瞪着眼睛，吊着嗓子，说："严挺之竟有这样一个儿子！竟有这样的儿子啊！"

以后越走越远，死于湘江一条破船之中。

十五

岑参小杜甫三岁，是河南南阳人。他的诗既批评战争的残酷，又歌颂战争之中涌现出来的英雄及其勇敢精神，还挖掘非常时期的人性之美，风格苍凉而慷慨。

故园东望路漫漫，
双袖龙钟泪不干。
马上相逢无纸笔，
凭君传语报平安。

这是岑参在出塞路上所写作的一首诗，似乎平易，实际上是极富韵味的。

二十岁左右，岑参到长安去谋职，结果当然是碰壁。十年之后，他进士及第，很希望能进入唐政府工作，也未成。于是他就退而求其次，到安西节度使高仙芝幕府去当了书记，之后到西北庭节度使封常清幕府去当了判官，戎马生涯，凡十年之久，一直到唐军平息安史之乱。

公元 758 年，杜甫以左拾遗的身份向唐肃宗举荐岑参。他认为岑参德高望重，富于见识，可以从事规谏工作。但唐肃宗却疑虑重重，只勉强让岑参当了中书省的右补阙。当时唐肃宗身边有两个人，一个太监李辅国，一个宠妃张良娣，其皆存野心，遂互相勾结，排斥异己，把唐政府搞得鸡犬不宁。岑参觉得这种生活不但没有意思，而且充满了危险，便打算离开长安，到别的地方去工作。

十六

在岑参出生三十六年之后，孟郊出生于湖州武康。这一年是公元 751 年，唐玄宗在太清宫举行盛大的祭祀活动，长安一片喜气。但高仙芝却惨败大食，唐军将士血染大漠，尸横荒野，鬼神为之惊骇。

孟郊的人生格调，可以一言以蔽之，曰：落魄。

他的理想当然是进士及第，从而取得功名，不过他运气不好，竟一败再败。由于没有多少经济收入，其生活一向狼狈，有时候竟要靠别人的施舍才能度日。孟郊形象猥琐，情绪偏激，总是穿着一件肮脏的褴袍独往独来。

四十六岁那年，他一不小心便登科了。突如其来的喜悦一下驱散了身上的晦气，他觉得自己马上就会飞黄腾达，一种美妙的日子将滚滚而来。他甚至有一点高兴得疯狂起来。

昔日龌龊不足夸，

今朝放荡思无涯。

春风得意马蹄疾，

一日看尽长安花。

岂不知孟郊产生了错觉，事实是，拖了几年，唐政府才任命他做溧阳县尉。

岁过半百的诗人当一个区区县尉，颇让孟郊失望，于是他就一泻千里，把县尉的工作不当工作干了。

在溧县衙门附近，有一片碧水，绿树葱葱，芳草萋萋，鱼与蝴蝶游戏。孟郊觉得这是一个可爱的去处，遂常常在上班时间到此地浪漫。他饮着酒，弹着琴，摇摇摆摆地沿着碧水走来走去，完全是一副骑士的风度。问题是他耽误了工作，县令很是不满。不过县令也对孟郊无可奈何，其所能做的，是把情况报告给上级。有意思的是，上级并没有撤销孟郊的职务，也没有指责他，上级的办法是增派了一个代理县尉到溧县去上班。代理县尉分担了诗人的一半工作，他当然也就要分享诗人的一半俸禄。诗人十分难堪，便拂袖而去。

孟郊六十三岁逝世，由于没有什么积蓄，其丧事不得不由朋友捐款办理。

十七

孟郊出生之后十八年，韩愈登陆于河南南阳。在这一年，唐军击退了吐蕃的侵犯，从而使唐帝国摆脱了一次严重的危机。但在这一年，社会矛盾却极其激烈，甚至恐怖分子竟嚣张地谋杀了幽州节度使，天下很有动荡之感。这一年是公元 768 年。

韩愈的父母死得很早，实际上韩愈是由兄嫂养大的，不过孤苦并没有使其丧志。他追求上进，并通过自学，读了大量的书。其理想是进入唐政府工作，可惜屡屡落榜，久处挫折之中。

公元 792 年，韩愈觉得总这样困着显然是不行的，遂急中生智，鼓起勇气，向上流社会散发他的诗。其要展示自己的学识，并盼义士重视他，在我看起来，韩愈这样做也是无可奈何了。他是一个普通家庭出来的普通青年，尽管有抱负，但他却缺少靠山。为了出人头地，他除了闯荡之外，还能有什么办法呢？幸运的是，韩愈毕竟遇到了赏识他的人，这便是退休宰相郑余庆。郑余庆的吹嘘，多少为韩愈创造了一些条件，遂得以登科。

不过进士及第，仅仅标志着韩愈具备了任职资格，按规定，他还必须经过唐政府吏部的审查，才可以取得职务。倒霉的是，他三次应试都失败了。韩愈不甘，遂到凤翔去求助于他一向尊敬的长者邢君牙。虽然长者是有权力和关系的，但不知道邢君牙为什么却没有帮他一把。韩愈走投无路，只好冒险，这便是上宰相书，而且一而再，再而三，然而终于不果。几年之后，宣武节度使董晋爱惜其才，召韩愈到他的幕府去当了判官。韩愈大小总算有了一个位子，不过诗人的仕途注定是坎坷的。

三十六岁那年，韩愈担任监察御史，其品秩低而权限广。依唐政府的制度，监察御史要考量百官，巡视郡县，纠正刑狱，肃整朝仪。韩愈是一个态度认真的公务员，根据他的调查和研究，拟了一个反映宦官专权和宫市混乱的报告敬呈唐德宗，建议整顿。不料其行动激怒了皇帝身边的人，他们倒打一耙，反而指责韩愈是向皇帝抹黑。唐德宗居然信以为真，遂贬谪其为阳山县令。

四十六岁那年，韩愈当职方员外郎。华阴县令犯了错误，遭到罢免，这当然也是正常的工作。不过韩愈弄清事情经过之后，觉得惩罚偏重，便为之辩护。如果唐宪宗稍稍英明一点，那么他将有可能注意韩愈的声音。可唐宪宗却不但反感韩愈发表异见，而且一怒之下，对韩愈做了降级处理。

韩愈几乎遭遇杀身之祸的，是五十二岁那年，由于他谏迎佛骨，大大冒犯了唐宪宗。

佛骨是释迦牟尼火化之后的结晶，有几粒藏于法门寺。依习惯，唐帝国每三十年要打开法门寺迎佛骨一次，其为国之大事。皇帝认为，迎佛骨不但会使社稷安宁，而且会使自己健康长寿。

公元819年，恰恰是打开法门寺迎佛骨的时候，唐宪宗极其重视。按唐宪宗的部署，将派遣三十名宫女手持香花，把佛骨从法门寺接到长安，并要在禁中停放三天，之后送往其他庙堂。迎佛骨的活动在长安引起了轰动，达官贵人与平民百姓皆奔走相告，有的竟为了能供奉佛骨而变卖家产，甚至烧自己的头，灼自己的臂，以显示虔诚。皇皇长安，若疯若狂。

韩愈是孔子的信徒，一向以仁爱为根本，以忠恕为原则，是反对过分敬佛的。看到为迎佛骨劳民伤财，他觉得不妥，也不安，遂拟了一个报告送唐宪宗。他认为，佛无非是夷狄的一个法术而已，不值得相信。他指出，佛并不是华夏所固有的，事实是，三皇五帝时代就不存在佛，也不敬佛，不敬佛他们竟有百岁之寿，反之，汉有了佛，汉的天子居然多是早逝。韩愈的报告强烈刺激了唐宪宗，他脸发青，手发抖，嚷着“狂妄、狂妄”，下命处斩韩愈。好在有宰相裴度为之斡旋，并有正直的大臣为之求情，唐宪宗才同意留下其性命，不过必须离开长安，到潮州去。在潮州当刺史，实际上就是流放了。

韩愈受令，不得不立即收拾行包。当时韩愈的女儿正在患病，他忧患至极，不过司法机构的人在催促着，他无法为女儿请医治疗，甚至连安慰女儿一下也不能。韩愈惶惶地走了，随之女儿也就死了。几年之后，韩愈返回长安，在路边看到了女儿的坟墓，辛酸至极，不禁泪流满面。

韩愈是以获罪之身匆匆离开长安的，其亲戚朋友一律不能为之送行。我想，此境此况的韩愈，必是愁肠万断，也可能无所畏惧，所以就只是向前进了。

在他走到蓝田的时候，其侄孙韩湘从长安赶来陪他。看到韩湘，他感慨万千，然而说什么呢，又怎么说，遂以诗示之曰：

一封朝奏九重天，
夕贬潮州路八千。
欲为圣明除弊事，
肯将衰朽惜残年！
云横秦岭家何在？
雪拥蓝关马不前。
知汝远来应有意，
好收吾骨瘴江边。

在潮州，韩愈难以忍受气候之不宜和饮食之不适，遂上书唐宪宗检讨错误。他责备自己是非礼，感谢皇帝赦免了极刑，而且使其又有工作，又有俸禄，倾诉自己小时候就身体虚弱，并在五十岁就牙齿摇落，头发花白，他盼皇帝能哀而怜之。于是唐宪宗就调动他到袁州当刺史，袁州也远，但它却毕竟近于潮州了。

十八

韩愈出生五年之后，刘禹锡和白居易出生，他们都诞于公元772年。有意思的是，他们皆为名门之后。汉景帝刘启是刘禹锡的远祖，秦将军白起是白居易的远祖。他们都很得意于自己的血统，并以名门之后为光美。由于有良好的教育，又聪明，又刻苦，他们的进士应试都还顺利。刘禹锡二十二岁登科，白居易二十九岁登科。

多年之后，这两个诗人才知道自己所处的世界风云诡谲，波澜起伏，根本不是他们所想象的那么容易把握。

刘禹锡三十岁左右担任监察御史，身在政治中心，是难免会陷入权力之争的。当时的形势是，唐德宗又老迈又昏庸，宦官不但专权，而且横行宫市，于是在太子李诵周围就渐渐形成了以王叔文为核心的一个改革集团。

王叔文是李诵的侍读，颇有主张，并能以自己的观点影响李诵。重要的是，他把唐政府一批年轻有为之人团结起来了。王叔文器重刘禹锡，夸其是宰相的材料。王叔文的赏识激发着刘禹锡的热情，遂渐成这个改革集团的骨干。

公元805年，李诵即位，为唐顺宗，不过他身患中风，很难处理军国大事，从而为王叔文专权提供了机会。王叔文及其同志在唐顺宗的支持之下取消了宫市，并采取措施，阻止割据势力的扩大。这些都显示了一种新的气象，然而他们也互相吹捧，甚至还排斥异己，遂引起了文武大臣的警惕。

以俱文珍为头子的宦官集团，早就对改革集团恨之入骨，其联合文武大臣，以共同推翻改革集团。他们的办法是，立李纯为太子，随之借口唐顺宗有病，劝其退位。仅仅运作了四个月，事情便成了，于是李纯就当了皇帝，为唐宪宗。

唐宪宗为巩固权力，立即判决王叔文为极刑，并狠狠打击所有追随王叔文的人。刘禹锡是改革集团的骨干，当然会受到惩罚。不过还好，唐宪宗没有下令斩处他，只是贬谪其为郎州司马。柳宗元也是改革集团的骨干，唐宪宗也处理了他。

十年之后，唐政府把刘禹锡从郎州调回长安。鉴于刘禹锡的能力，他是有可能到尚书省去工作的。不过刘禹锡显然还有情绪，对一些文武大臣，还有深沉的反感。有一天，刘禹锡游了玄都观，那里的桃花给了他灵感，遂乘兴写作了一首关于桃花的诗，借机讽刺了自己所厌恶的新贵和趋炎附势之徒。诗曰：

紫陌红尘拂面来，

无人不道看花回。

玄都观里桃千树，

尽是刘郎去后栽。

吟咏其诗，我现在似乎还能感到刘禹锡的锋芒，甚至还能看见他轻蔑的目光和嘴唇。

这首诗使唐政府一些官员颇为气愤，遂决计排斥刘禹锡。他们指责刘禹锡以诗讽刺的行为，是一个品质问题。如此一闹，他到尚书省去工作的可能便没有了，反之还得离开长安，还要到播州去，播州显然是远于郎州的。大臣裴度是善良之人，他以刘禹锡母亲已经八十岁为由，请求让刘禹锡到连州去。唐宪宗哼哼哈哈难以驳回，便勉强答应了。

连州之后是夔州，是和州，刘禹锡到处迁移，一晃就是十四年。当唐政府怨恨消失，刘禹锡可以调回长安的时候，诗人已经五十七岁，夕阳西下，近乎黄昏了。

公元 815 年农历六月的一天，宰相武元衡走出宅邸，骑马到唐政府去上班。街上很安静，长安还沉浸于微茫的晨曦之中。他思考着要做的事情，并计划着工作程序。怎么也没有想到，当他骑马走到靖安坊的时候，会突然从角落射出几只冷箭打散其卫队，随之过来一伙人劫持他，打死他，取其颅骨而去。

之所以谋杀武元衡，是有其背景的，这便是武元衡坚决主张削弱节度使的权力，以维护唐帝国的统一。但他的主张却引起了一些节度使的仇恨，他们要以打死武元衡的办法反对削弱其权力。

发生在黎明的恐怖事件震惊了唐政府，也使长安居民失去了安全之感。但到底应该如何对待凶手，司法机构却似乎有一点迟疑。当时白居易担任左赞善大夫，做教育太子的工作，他觉得必须尽快惩罚凶手，否则社会将难以稳定。于是他就上书唐宪宗，希望唐政府缉拿凶手。

在我看起来，白居易的意见是正确的，属于一种积极的力量。他上书唐宪宗，也是在尽一个大臣的责任，符合唐帝国的利益。实际上白居易一向就善于发现问题，敢于提出自己的意见。我以为，关注生活，批评时弊，是白居易的一大特色，而且这一点早就反映在他的写作之中了。

然而这次缉拿凶手的呼吁，使他卷入了一场政治之争。唐政府的宦官派与官僚派似乎都反对白居易，尤其是官僚派，他们指控白居易关于缉拿凶手的建议，完全超越了一个赞善大夫的职务范围。他们还指控白居易违背了做人的道理，根据是，白居易的母亲是观花坠井而死的，可他却还以花以井为题写作诗，显然不懂为亲者讳，为长者讳，也不知道什么是孝。他们质疑，这样的人难道能够承当教育太子的责任吗？于是他们就向唐宪宗施加压力，要求处理白居易。

唐宪宗过去还是很喜欢白居易的讽喻诗的，觉得他是一个正直的人，遂把白居易从周至县尉提拔为翰林学士。不过白居易总是干预政治，他也就烦了。唐政府一班大臣责备白居易有错误，唐宪宗认为并非没有道理，遂贬谪其到江州去做司马。

赠君一法决狐疑，
不用钻龟与祝蓍。
试玉要烧三日满，
辨材须待七年期。
周公恐惧流言日，
王莽谦恭未篡时。
向使当初身便死，
一生真伪复谁知？

其诗是白居易在赴江州的船上写作的。他在船上共写了五首诗，痛快地展示其感情和思想。这首诗显然是在为自己辩护，他认为，时间终究会证明他没有错，贬谪是冤枉的。

公元 815 年，白居易 44 岁，人到中年了，而且他素有神经衰弱，身体也很削薄。左迁之事，强烈触动了白居易的灵魂。他反省人生，慢慢变得消极了，遂遁入空门。之后尽管翻身，在唐政府担任知制诰，然而终于没有多少政治热情了，甚至厌恶和畏惧官场。之所以他不退休，主要是从生活考虑。在晚年，他一直为唐政府的权力之争感到紧张。他似乎对应付复杂的上下关系和左右关系感到困难，便想离开长安。

十九

柳宗元小刘禹锡与白居易一岁，是早逝，四十六岁就死了。

千山鸟飞绝，
万径人踪灭。
孤舟蓑笠翁，
独钓寒江雪。

这首诗写作于永州。读其诗，我可以感到柳宗元心情的清冷和郁闷，当然也感到了一种傲岸，甚至决绝。

永贞改革，以王叔文为核心，积极分子有刘禹锡，也有柳宗元。刘禹锡担任监察御史，柳宗元也担任监察御史。改革失败之后，唐宪宗将刘禹锡贬谪郎州，将柳宗元贬谪永州，永州之野有毒蛇。公元 819 年，唐政府把柳宗元调到柳州做司马，遂逝世于柳州了。

三年前，我携妻子在柳州参观了柳宗元纪念馆，在纪念馆转了整整一个下午。

走出纪念馆红漆剥落的大门，已经是黄昏，我抬起头，看到周围全是山，山真是重重叠叠。我默默地想，这就是诗人曾经工作过生活过的地方，它离长安也确实是很遥远了。但诗人却没有颓废，也没有装病，从而什么都可以不干。事实是，诗人在柳州做了很多事情。他尽力改变当地以人抵债的陋习，并用自己的钱赎出抵债的孩子，交其父母。他还反对宰牛祭祖，以让牲口耕田犁地。

柳宗元有一个四岁的孩子，逝世之前，其想来想去，觉得能够托付的，唯有韩愈，遂留言韩愈照顾他的孩子。不幸的是，恰恰是在这一年，韩愈谏迎佛骨贬谪为潮州刺史了。

柳宗元英年而死，柳州人都非常难过，随之为他建造了纪念馆。我现在依然感觉那是一个幽静的庭院，在它破损的砖缝之间，到处是青苔。

二十

柳宗元出生之后六年，元稹和贾岛出生。这一年是公元779年。其年按唐德宗指示，梨园乐工三百余人一齐下岗，以减轻唐政府开资。其年李希烈担任淮西节度使，从此开始了长达四十年之久的割据统治。

五年江上损容颜，
今日春风到武关。
两纸京书临水读，
小桃花树满商山。

公元810年，元稹左迁江陵担任士曹参军，情绪不好，生活不惯，很是憔悴。五年之后，他才熬出了头。这首诗便是元稹在赴长安途中所写作的，当时，他刚刚收到了朋友李复言和白居易的信，极其欣喜。

元稹有出色的学识，诗也有意趣，不但广传于歌女与妃嫔之间，而且为太子李恒深深喜欢。李恒公元 820 年即位，为唐穆宗。元稹二十五岁进士及第，二十八岁当左拾遗，二十九岁当监察御史。他显然是有作为的，并在积极进取，还希望大有作为。

当时唐政府的权力之争非常激烈，有宦官派，有官僚派，也有一个进士派。进士派的主要角色有刘禹锡、柳宗元、白居易，也有元稹，甚至还有长者韩愈。这些人没有多少政治背景，皆以自己的实力进入唐政府。其考虑问题的立场倾向于民间，于是自觉不自觉地就妨碍了宦官派和官僚派的利益。这对他们当然是不利的，因为他们很容易使自己处于宦官派与官僚派的夹击之中。

公元 810 年，作为监察御史的元稹，发现河南尹房式有种种违法行为，遂勒令其停职，还扣了他的俸禄，准备拘留他。房式属于官僚派的人，元稹对房式的严厉姿态，使官僚派难免产生一种指伤心疼的感觉。他们愤怒地向唐宪宗反映元稹做得过分了，并强烈要求处理之。唐宪宗为了维持政治集团之间的平衡，遂下令把元稹从洛阳调回长安，并要降低其薪水。

到这里，事情应该是告一个段落，不料元稹在赴长安的路上，竟发生了一场新的矛盾。那天晚上，元稹住宿华州敷水驿，依习惯，他先到，当然是居上厅，但宦官刘士元后到却霸道地争夺上厅，尤其可恶的是，刘士元居然一边唾骂元稹，一边扬起马鞭把怨愤倾泄在元稹脸上。唐宪宗也知道错在刘士元，不过他一点也没有批评刘士元，相反，元稹刚刚落脚长安，他便发旨将其贬谪到江陵去当士曹参军。

白居易认为这样处理元稹有失公允，遂上疏为元稹鸣不平。

白居易之举，不但没有使唐宪宗宽容元稹，还使唐宪宗对他也讨厌起来。 五年之后，白居易便左迁江州了。

松下问童子，

言师采药去。

只在此山中，

云深不知处。

吟咏这首诗舒服极了。 它的艺术效果究竟怎么成功，那些文章家分析得都非常好，而且他们已经激赏了千年之余，所以我就不妄评了。

贾岛小时候为僧，可惜未能根除尘缘，遂抱功名之心，走出佛门，为登科奋斗，不果。 之后流落长安，打算依附权贵，也不果。

长安南部的草堂寺和青龙寺皆是他喜欢的地方，斯院的古木之下，也有他所仰慕的隐士，然而他缺乏幽闭自己的毅力，遂只能悲伤地当诗人。

他总是骑着驴吟咏着，从晓走到昏，从春走到秋。 他走遍了长安，走遍了世界。 当他骑着驴推敲其作品的时候，胸膛稍挺，眼睛微合，似乎什么都不顾了。 一旦得到奇字或妙句，便欣喜若狂，手舞足蹈，仿佛天下是他一个人的天下。 他骑着驴曾经撞到了达官显贵，其遭到的，当然是训斥和推搡。

除夕之夜，商人在数他的银子，官员在拉他的关系，但贾岛却把一年所写的诗放到桌子上，烧几炷香，祭几杯酒，三鞠躬之后说：这是我的收获啊！ 长歌当哭，泪水涟涟。

公元 843 年，六十五岁的贾岛终于有了一个当参军的机会，遗憾的是，他还没有到岗位上去，便染疾逝世了。 诗人一生奔波，穷得竟没有一分钱，唯有一张琴、一头驴，驴老且病，瘦得一把骨头。我不知道是谁为他办了丧事。

二十一

元稹和贾岛出生十二年之后，李贺出生。这一年是公元790年，吐蕃加紧了对唐帝国的侵犯，藩镇的叛乱也是此起彼伏，长安的消息忧多而喜少。

黑云压城城欲摧，
甲光向日金鳞开。
角声满天秋色里，
塞上燕脂凝夜紫。
半卷红旗临易水，
霜重鼓寒声不起。
报君黄金台上意，
提携玉龙为君死。

李贺的诗色彩斑斓，意境奇拔，有超越时空之魅力，从而为鲁迅所喜欢，也为毛泽东所欣赏。

这个有超常之才的人在七岁便会写作诗，其非凡的聪颖竟惊动了韩愈，于是韩愈就带着随从登门观察了李贺。韩愈开始是怀疑的，不过实践证明，李贺确实非凡，确实是七岁便能写作。

但非凡却是伴随着病态的，我的意思是，李贺头大而身虚，手长而指细，无缚鸡之力，唯好读书。

他出门经常要骑一匹马，背一个锦囊。锦囊里装的当然是书，书多了，母亲便发急，并会追上去取一些出来，以免读书累了李贺。 实际上锦囊里装的还有李贺的诗，他的习惯是，随时随地在吟咏，诗成便投入其中。

李贺的名声是先于李贺来到长安的，这便为他的进士及第创造了一些条件。 不过竞争是激烈的，竞争引起了对李贺的攻击。 当时有人指责李贺参加进士应试是犯了忌，理由是，李贺父亲名为晋肃，晋肃与进士的发音听起来仿佛是两个兄弟。 依礼，李贺应该回避应试，但李贺却未回避，所以其道德有问题，这显然是一种荒谬的逻辑。

当李贺感到十分孤独的时候，韩愈著文为其做了辩护。 韩愈能做这一点，是让我钦佩的，不过攻击李贺的人并非一般的角色，他们甚至也可以攻击韩愈。 实际上这场风波是有复杂背景的，事情的关键是李贺曾经以诗讽刺了一些权贵，是他们在暗中阻挡李贺。 在这个忧郁的青年不得不放弃进士应试之后，他伤心地哭了。

不过李贺毕竟是杰出的，他也还有一批朋友，重要的是，韩愈一直在尽其可能地帮助他。

公元 811 年，李贺担任了奉礼郎，其任务是，在唐政府举行祭祀或庆典仪式之际，安排文武大臣列位，或做他们的向导。李贺显然不适宜做这样的工作，身体也不舒服，于是干了两年就辞职了。

之后，他到山西去投奔韩愈的一个门生，但他来到山西，那个人却恰恰离开了山西。 李贺举目无亲，只好返回。 这样的长途奔波，竟使其病恶化，治而无效，不得不死，仅仅二十七岁。

二十二

李贺出生十四年之后，杜牧闯入世间，时在公元 803 年。这一年，白居易与元稹一举登科，刘禹锡和柳宗元怀抱雄心，进入唐政府工作，但韩愈却由于缓征赋税的意见左迁阳山。

杜牧的家，是贵族之家，教育条件很是优越，当然他也有远志，于是二十六岁就进士及第了。其相貌堂堂，举止潇洒，仕途似乎是光明灿烂的。

不过刚刚跻身唐政府，便踩到了是非之点，从而影响了他的整个人生。

当时担任宰相的是李宗闵，他认为唐政府还需要一个宰相，遂向唐文宗举荐了牛僧儒，于是牛僧儒就也当了宰相。杜牧年轻，没有经验，便向牛僧儒投靠过去。他的考虑是，这样将会提拔得顺利而且快一点，岂不知他判断错了。

在这一阶段，唐政府的政治格局主要由两派构成，一派是牛僧儒和李宗闵，一派是李德裕。这两派互相排斥，你死我活。

牛僧儒与李宗闵对李德裕的排斥，实际上是由李德裕的父亲李吉甫引起的。在李吉甫担任宰相期间，逢牛僧儒与李宗闵进士应试，这两个人便乘对策之机，狠狠揭露和批评李吉甫。李吉甫非常难堪，遂产生了报复之心，从而使牛僧儒与李宗闵轻易落榜。不过在李吉甫这样干的时候，显然也埋下了恶的种子。也许他没有想到自己所发动的打击，将立即树敌，并在以后转化为对其儿子的打击。问题是，事实如斯。

两派之争，此起彼伏。如果牛僧儒和李宗闵一派得势，那么李德裕便不能待在长安，反之，如果李德裕一派得势，那么牛僧儒和李宗闵便不能待在长安。两派之争凡三十年，直到两派的头子全部逝世才归于平息。

由于杜牧开始就倾向牛僧儒，李德裕遂把其划在了牛僧儒与李宗闵的阵营，而且不让他离开。结果是，在漫长的岁月，只要李德裕主持唐政府的工作，长安便没有杜牧能做的事情。从其踪迹可以发现，杜牧总是在边远地方当刺史，其先后是黄州、池州、睦州和湖州。偶尔也会待在长安，不过他所担任的统统是小小闲职。

公元832年，李德裕为唐文宗所重用，牛僧儒不得不到淮南去当节度使，李宗闵也不得不到山南西道去当节度使。既然杜牧是有党性的，他便只能随其头子走了。于是杜牧就在牛僧儒幕府当推官，之后当书记。

杜牧素以济世之才自负，可他的济世之才却不能发挥出来，很是苦闷，遂放浪形骸，甚至经常进入花柳之巷。

落魄江湖载酒行，
楚腰纤细掌中轻。
十年一觉扬州梦，
赢得青楼薄幸名。

这是多年之后杜牧反映自己在扬州生活的诗，仔细品味，可以感到他的一种自嘲，当然也有一些悔恨。我以为，杜牧表面上是在调侃，然而骨子里极其辛酸与悲凉。

二十三

大约杜牧出生之后十年，李商隐出生。他应该是一个没落贵族吧，不过百足之虫，死而不僵。

李商隐翩翩少年就到了天平军节度使令狐楚的幕府。令狐楚是忠厚长者，喜欢李商隐的诗，认为其当有大的前途。他让李商隐随自己的儿子一起学习，还邀请其参加一些文学聚会。由于有令狐楚及其儿子的一臂之力，李商隐二十六岁顺利登科。

成为进士之后，李商隐便到泾原节度使王茂元幕府去工作，并娶其女儿为妻。也许李商隐觉得这是一个合情合理的选择，但结果却出乎其所料，甚至这样的选择给他带来了灾难。

令狐楚及其儿子是属于牛僧儒与李宗闵一派的，不过王茂元属于李德裕的一派。令狐楚及其儿子长期扶持了李商隐，他们觉得，李商隐是应该知恩报恩的，不料李商隐不但没有报恩，反而抖着羽毛飞向了王茂元。于是他们就指责李商隐的品质有问题，随之牛僧儒与李宗闵一派的人皆对其做持久谴责。面对如斯境况，如果李德裕一派能公正以待李商隐，那么其灵魂便会透一口气，然而李德裕一派并没有任何表示。他们是沉默的，沉默之中似乎还包含着对李商隐的冷漠和鄙薄。这使李商隐深为痛苦，他仿佛掉进了一条可怕的河，一岸是风刀，一岸是霜剑。

李商隐当然希望改变自己的生存状态，从而走出低谷。他做了艰苦的努力，不得不既颂扬牛僧儒与李宗闵一派，又歌唱李德裕一派，以求得和平与友谊。不过其努力毫无收获，他感到的，仍是风刀与霜剑。唯一可以安慰的是，他与妻子在相亲相爱。

公元 845 年，李商隐有机会到唐政府去工作。但朝臣却在大明宫明争暗斗，这使李商隐战战兢兢，如履薄冰，如临深渊。特别难以忍受的是，当时牛僧儒与李宗闵一派正在得势，他在长安十分压抑。思之再三，他走为上，到边远的地方去工作了。大约就是在那些日子，他经历了牵肠挂肚的巴山夜雨。

几年之后，他回到长安。这时候令狐楚的儿子令狐绹在唐政府掌握了权力，李商隐便请求他举荐自己，以获得一份理想的工作。李商隐是抱着很大的希望走进令狐绹的宅邸的，但令狐绹却装聋作哑，不愿意帮助他。为生活计，李商隐没有别的办法，还得请求令狐绹。不过他哀告而来的，竟只是一个所谓的太学博士。李商隐很是失望，便离开长安，到梓州去了。

大约在这一阶段，发生了一件悲痛的事情，他亲爱的妻子死了。

向晚意不适，
驱车登古原。
夕阳无限好，
只是近黄昏。

四十五岁那年秋季的一天，李商隐寂寞极了，遂在傍晚登上了乐游原。乐游原在长安东南，地势高亢，空气流通，是李商隐一向喜欢的。诗人站在夕阳之中，望着黄昏笼罩的唐帝国，美感万千，伤感万千。

过了两年，李商隐便逝世了。

二十四

大约李商隐出生之后二十年到三十年之间，黄巢一声哭泣，来到曹州冤句一个商人之家。商人世代贩盐，当然是富裕之家，甚至钱多得连炕栏和门槛也包着金子。但黄巢却对金子缺乏兴趣，不愿意像父亲一样仅仅知道贩盐。他志存高远，喜欢读书和击剑。性格豁达，朋友众多，一副英雄气象。

待到秋来九月八，
我花开后百花杀。
冲天香阵透长安，
满城尽带黄金甲。

唐诗之中，黄巢这首七绝别有品质。在我看起来，它是尖锐的、凌厉的，完全打破了文质彬彬的原则。我以为它的坚硬和强劲，明显透露出一种难以抑制的暴力倾向。

这首诗是黄巢在落榜之后写作的，也许唯有黄巢能站在一个革命的立场观察菊花，唯有他能使关于菊花的诗，渗透出血腥之气。

黄巢生活的时代，唐帝国完全是风雨欲来了。唐懿宗荒淫，唐僖宗愚昧，太监与奸佞遂乘机操纵军国大事。面对衰败之势，唐政府大小官员道德瓦解，又有贼心，又有贼胆，千方百计干渔利之勾当。农民贫困，无以为生，只好风起云涌地起义了。

公元875年，王仙芝率领农民起义军攻陷曹州，黄巢十分激动，随之在故乡聚众响应，并迅速组织了一支规模相当的起义军。之后，他驰骋东西，转战南北，一度占领长安，招文武百官，建立了大齐权力机构。不过唐军毕竟还是唐军，其竟做了一个回光返照式的包围，使黄巢不得不退出长安。黄巢失势，且战且逃，居然狼狈地回到了自己的出发之地，并无可奈何地在泰山一个峡谷自杀而死。

黄巢的诗，流传下来的大约只有三首，不过他是唯一由诗人转变为农民领袖的。

二十五

两年前的一个晚上，我邀请几个朋友到少陵原去了。

少陵原在长安南部，古已有之。 唐帝国浩浩荡荡近乎三百年，不但有巍峨之长安，而且有秀丽之洛阳，其皇帝，特别是女皇帝武则天，很喜欢运动于两京之间。 但它的贵族却一直热衷于栖息韦曲，因为韦曲平川一片，清流数带，为风水宝地。 韦曲就在少陵原的脚下，少陵原就在韦曲的岸上。 少陵原仿佛是韦曲的一道屏障，有了少陵原，韦曲才显得宁帖和安妥。 鸟瞰韦曲，少陵原是绝妙的立场。

杜甫曾经以少陵野老和少陵布衣自居，是因为他的祖先留了一点旧宅和老田在这里。 困于长安的那些年，杜甫不得已住在少陵原，自耕自耘，补贴生活。 有一天我突然想，杜甫在少陵原是会经常看到住在韦曲的那些贵族的，我问自己，不知道看到肥马新车，云衣霞裳，杜甫是什么心情。

仲夏之夜，少陵原高高在上，足以游弋目光，放纵思想。 宇宙之大，星辰之繁，清风之浩，空气之爽，还有月辉之明，蟋蟀之唱，无不助言论之兴。

几个朋友席地而坐，任意臧否，气氛颇为轻松和随便，无所不涉。 不过那天晚上评议最多的，是杜甫；评议最深的，也是杜甫。 仿佛坐在了杜甫的菜园，不多研究一下杜甫，就是对先生不公正似的。

几个朋友还讨论了一个严肃的问题：诗人的命运为什么难以

顺遂。

这个问题在少陵原刚刚提出，我便看见辉煌的长安街上出现了一支诗人队伍，他们密密麻麻，比肩而来，接踵而去。长安街上当然是宽阔的、平坦的，根本不会有什么石头和砖头，但他们却走得磕磕绊绊，满是伤痕。他们衣冠不华，精神不振，有的竟还怒发千丈长，愁纹三尺深。

我很是困惑，不过也在努力理解。我想，无论如何，唐帝国应该属于中国历史上一个开明和宽容的时代。既然在这样一个时代，诗人都不会有好的命运，那么在别的黑暗时代的诗人将怎样呢？我以为，唐帝国的诗人有典型的意义。

唐帝国固然伟大，不过唐帝国依然是官本位，人的价值表现为一元。在这样一个社会，凡是人，无不想进入管理者或统治者的队伍，因为管理者或统治者就是官，它意味着权力和财富。官是受到社会普遍尊重和羡慕的，当了官，显然就是有了价值。

唐帝国的诗人，即使他是一个天才，也妄想以自己的艺术活动实现其价值。诗人的作品如李白之诗和李贺之诗，现在的人可以把它们推崇为稀世之宝，绝代之珍，但在当时，它们充其量却只是进入唐政府的敲门砖与通行证。诗人进入了唐政府，变成了管理者或统治者，才会显出自己的价值，然而作为诗人，仅仅是诗人，他是没有多少价值的。

在长安街上徘徊的那些诗人，都是希望到唐政府去工作的，不过这非常难。它几乎是一种搏斗，甚至是一种鏖战，往往失败者多，胜利者少。仅仅是进士及第这一关，便会使一茬一茬的诗人摔倒在地，爬不起来。

也许幸运的诗人通过科举之路变成了管理者或统治者，从而感觉光美，不过诗人一般皆难以得意到底。事实是，诗人的下场往往都很是悲哀。原因在于，权力领域的游戏是复杂的，一向是在黑箱之中操作，可诗人的性格却是以美的标准考量生活，于是容易看见假，看见丑，看见恶，看见了就怒气冲天，喜欢批评。诗人过于率真，好激动，遇到问题也不会迂回，所以总是碰壁。可以验证一下，在唐政府工作的诗人，谁不是碰壁碰得头破血流啊！

那么诗人的命运怎么才能彻底改变呢？我以为，唯有诗人的作品进入市场，并在市场可以交换，从而产生利润，我以为，唯有到了这样一个时代，诗人才能摆脱攀缘之累，依附之羞，甚至不进入管理者或统治者的队伍而一样骄傲地在天下行走。它应该是这样一个社会，它颠覆了官本位的秩序，人的价值能够表现为多元。令我欣慰的是，在中国诗人颠沛流离了几千年之后，这样一个社会终于渐渐出现了。

它是一片绿色的田野，透过迷蒙的水雾，我已经闻到了一股新鲜的稻香。它是一群飞翔的鸽子，阳光之下，我已经听到了翅膀摩擦气流的音响。它是横排天边的一派晚霞，尽管云层诡谲，但它却绚丽奇幻，而且我已经看到了像雪浪一样在夜空涌动的星辰。

辋川尚静

辋川是一个长长的峡谷，王维曾经在这里居住。 如果一个现代人为尘世所烦，效仿王维的行为，到辋川去生活，那么一定荒唐，尽管辋川尚静。

辋川确实很静，一床河流，两岸青山，仅仅是这种结构就区别了乡村的小巷和城市的大街。 那里的人烟总是稠密至极，但这里的人烟却稀疏得须臾便融化在风云之中。 我是挤在农民之间坐着三轮车来辋川的，他们陆陆续续到站下车，并一一消失于葱郁的树木背后。 点点房屋，筑在崖壁之侧，并不容易发现。

我来这里没有什么明确的目的，只是为了感受一下辋川的气氛。 倘若此乃目的，我以为其目的潇洒而苦涩，这就是味道。司机将我拉入辋川的深处，收了使他满意的钱，就兴奋地驾驶着三轮车走了。 辋川归于沉寂，孤独的我，望着在峪谷滚动的白水，竟觉得恐惧。 恐惧没有对象，只是这里的空，这里的无声无息。

王维栽种的银杏，挺立在雨润的河岸，树皮满是裂纹的粗壮的主干，被水淋成了黑色。 从叶子流下的水，继续洗濯着树皮。它真是太老了，呈现着一种挣扎状态。它已经在辋川生长了千年之久。风云掠过它高高的梢头，小而圆的叶子将水唰唰地摇落着，我看到，那叶子翻动得忽白忽绿，晶莹如迸溅的浪花。这样葱茏的叶子，生长在几乎腐朽的枝干，颇耐人寻思。奇崛的枝干多似烧焦的干柴，触之就会掉灰，然而我由此也知道了生命的顽强。年迈而傲岸的银杏，压得我十分渺小，仰望才可以看到其全貌。山峰罗列在它的周围，尽管那些都是秦岭的余波，但在峪谷，我却仍感到它们的伟大。它们需要仰望。唯有溪水在我一侧，源远而流长。

王维在辋川的别墅，初是宋之问的，这个喜欢歌功颂德的诗人，以媚附权贵得宠一时，但最终的下场却是被皇帝赐死。王维迁居辋川的时候，宋之问已经作鬼，那么他是如何购得这里的别墅呢？我能猜测的只是，辋川的美一定迷惑了王维，否则他怎么单单选择了宋之问的别墅？终南山巍然霞蔚，可以供他居住的地方应该很多。时间将王维的别墅早就摧毁了，幸运的是，支撑某个柱子的扁圆的石墩，竟穿过层层的岁月得以保留，而且完整地放在银杏旁边。那些湿漉漉水汪汪的苔藓，绣住了它的每条皱纹和每个斑痕。

秋天的雨顺利极了，仿佛风云微微扭动一下它便有了。辋川的雨是明净的，线似的，一根一根拉到峡谷，空极了，空得无声无息。山坡上的红叶，渲染在碧翠的草丛，一些青白之石竟架在杂树的根部，危险得随时都会滚落，不过蒙蒙的雨送给它们一层薄薄的梦，梦悬在辋川的山坡上。王维一定看见过这样的梦，甚至入过这样的梦，不然，他的诗画怎么那样惟妙惟肖、有声有色！王维之后三百年，苏轼书摩诘蓝田烟雨图而赞叹：味摩诘之诗，诗中有画；观摩诘之画，画中有诗。摩诘就是王维，是王维的字。

王维购得辋川，显然是他过得富贵的证明。贫穷的诗人，是不可能拥有一个辋川别墅的。其情况是：他在二十二岁便进士及第，并步入仕途。他担任过大乐丞、右拾遗，并以监察御史的身份奉使出塞。王维四十岁做了左补阙。恰恰是这个阶段，他开始迷恋山水，来往于朝廷与辋川之间。他既为政，又当隐士，游离于人类斗争与自然情调的两极。朝廷的险恶，伤害着他的心，但辋川的美妙，却给他的心以慰藉。他便是如斯生活的。王维这样的生存状态，是他最智慧最得意的选择，也是其无可奈何的选择。除此之外，他的任何做法都可能是下策。人总是希望自己生活得幸福一点。以王维的气质，他不能彻底陷入官场的名利之争；以王维的经历，他也不能彻底沉醉于辋川的田园之乐。他必须兼而顾之。这样他就得到了入世之荣，摒弃了入世之累，避免了出世之苦，享受了出世之妙。在入世与出世之间，存在着一个广阔的地带，他欣然奔走于两端。人似乎只能这样生存，不然，完全媚俗与完全脱俗，都可能导致深刻的痛楚。我不赞成一个学者对王维的抱怨，这位学者认为，他缺少陶潜的勇气，没有彻底地决裂于官场。这是一种刻薄的认识！

雨中的辋川并不知道人的思想，其只是自然而然地呈现着它的状态。秀峰沉默，层岩相依，雨悄悄地缝合着万物。秋风过处，衰柳飘荡，黄叶旋飞。曲折的路径，流水扬落，浅草明灭。松、柏、杨、槐之类，高高低低，互相掺杂，组成了绿的森林，并覆盖着辋川的沟沟坎坎。偶尔一树柿子，落了肥叶，唯红果占据枝头。白水流过幽深的峡谷，遇石而绕，触蒿而漫，柔韧地向前游荡而去。

公元756年，安史之乱，已经五十五岁的王维被叛军逮捕，软禁于洛阳的一个寺庙。他吞药致病，装哑而活，但他却终于敌不过安禄山的骄横，无奈地接受了伪职。唐政府征服叛军之后，皇帝对那些接受伪职的人统统定罪，不过王维在软禁之中，曾经向探望他的朋友裴迪诵诗，其诗之意受到皇帝的嘉许，遂对他只做降职处理。之后为给事中、尚书右丞。这是王维的幸运了。其诗是这样的：

万户伤心生野烟，
百官何日再朝天？
秋槐叶落空宫里，
凝碧池头奏管弦。

尽管如此，安史之乱毕竟摧残了王维，他渐渐变得消沉了，或者，他变得更加淡泊，更加寂寞。他常常拄着拐杖，站在门外，抬头望着辋川的落日斜晖。暮色之中，稀疏的钟声，回家的渔夫，飘走的花絮，柔弱的菱蔓，都使他感到惆怅。他看着看着，便转身入舍。他已经深深地陷入了佛的意象。王维的母亲就信仰佛，这影响了他的灵魂，不过到晚年，他才彻底皈依。他食素，不茹荤，认真地打禅。他静坐辋川，闭着眼睛，寻找着解脱之道，并企图超越生死之界。香烟袅袅，烛光闪闪，王维的心凄凉而宁静。

独坐悲双鬓，
空堂欲二更。
雨中山果落，
灯下草虫鸣。

白发终难变，

黄金不可成。

欲知除老病，

唯有学无生。

人生真的像王维觉悟的这样么？ 我不知道。 唯有达到王维的境界才能理解王维，不过我没有。 我只感觉，自然如我面前的辋川，社会如我身后的市井，都有其美的一面，都能给我以享受。 然而，我的辋川之行，明显地含有烦于我那圈子的成分。是的，我很烦，某些时候我简直不堪负荷。 我从栖身的圈子走出，到辋川去换换空气，确实使我感到一种轻松。

雨中的银杏独具丰采，其圆润的叶子像打了发蜡似的明滑，并为强劲的风所反复翻动，但银杏的本木却牢固地埋在土中，风怎么吹它也不动。 这是辋川最古老最高贵的植物，水汩汩地流过其黑色的树皮。 王维种植的银杏，成了他在这里生活的主要标志。 不过它终究要倒下的，留下的，将只有辋川。

辋川很静，长长的峡谷完全沉潜在秋日的烟雨之中了，所有的树木、草、青石白石，都化为迷蒙的一团。 一只鸟也没有，一只兔也没有，甚至除了我，一个人也没有，唯有风声雨声和河流的浪声。 这样的一种空，一种自然给我产生的空，多少是恐惧的。 一瞬之间，我真是惊骇起来，害怕从山中钻出一个野兽或怪物。 这样想着的时候，我似乎已经有了对付它们的准备，于是忽然吊起的心就慢慢放了下来。 蓦地，我感觉身后有脚步的挪移，飒飒的，仿佛是谁用树枝在地上划动。 我回过头，竟是一个穿着蓑衣的农民，他木然站立，雨流其身，轻轻地问我：

“你要三轮车么？”

在马嵬透视玄宗贵妃之关系

杨玉环死于马嵬，是她难以预料的。此地在关中西部，山峦有痕，田野无边，稀落的村子在葱茏的谷物包围之中远远静默，唯千年发展起来的小镇有农民交易，阳光之下，身影晃动，秦腔熙攘。她怎么也难以预料将奉唐玄宗李隆基之命而自缢，那么美丽的三十八岁的身子，结果是以紫茵包裹，草草掩埋于黄土之下。

然而，她的死不但在当时引起人们的喟叹，之后的朝朝代代，人们对她及其玄宗与贵妃之关系，仍很感兴趣。鲁迅就曾经为此去过骊山，可惜长安灰暗的天空败坏了他的兴致，他看到的长安与他想象的长安千差万别。在相当一个时期，贵妃之墓的封土，总是为年轻的姑娘所挖取，她们或从近处来，或从远方来，迷信这里的黄土浸渗了贵妃的颜色，可以滋润肌肤使之美丽。她们纷纷取携，几乎夷平了坟堆。由于禁而不止，只得将坟堆以青砖覆盖，不过那砖缝之间，依然留下指头挖抠的痕迹。我迎着 8 月的热风，站在横过马嵬的道路旁边，望着打伞摇扇观瞻贵妃之墓的男男女女，我感到了杨玉环超越时代的魅力。

唐玄宗认识杨玉环，牵线的是宦官高力士，这个阉割了的男人，长期在朝廷侍奉唐玄宗。公元735年，唐玄宗的武惠妃逝世，使其久久郁闷。后宫三千，任其挑选，然而没有令唐玄宗满意的。这个时候，高力士为他推荐了杨玉环。问题是，杨玉环是李瑁的妃子，他们一起生活了近乎六年，此时此刻，他们仍在一起。李瑁是唐玄宗的儿子，介绍儿子的妃子给父亲，其事情本身便是对骨肉之情的越轨，然而高力士竟这么做了。

高力士在唐玄宗身边久矣，当然了解唐玄宗，没有把握他就不敢这么做。不过他也应该明白，杨玉环作为李瑁的妃子对唐玄宗意味着什么。高力士的所作所为，是否隐藏着他阴暗的心理？宦官制度是中国封建社会的畸形产物，其潜在的危险是，这种人随着生理的摧残而心理变态，往往以破坏的目光打量并安排周围的秩序，不然，他们的心理便难以平衡。高力士经过长期物色和琢磨，恰恰给唐玄宗推荐了杨玉环，这绝对不会出自一种简单的考虑，他的思想一定很是复杂。不过，他毕竟看得准确，否则，唐玄宗怎么就一下迷恋了杨玉环，而且深深陷入她满是脂肪的怀抱日夜陶醉。

对唐玄宗的召唤，杨玉环一点都不敢违背。不过她作为李瑁的妃子，丝毫不动感情地离开他，似乎也是不可能的。然而事实是，杨玉环与唐玄宗很快便如胶似漆。他们相见的时间是公元740年10月，这一年唐玄宗五十六岁，杨玉环二十二岁。唐玄宗对杨玉环显然满意，不仅如此，他对她已经神魂颠倒，到了入魔的程度。

唐玄宗在登基初期，励精图治，有所作为，使唐帝国的鼎盛得以延续，但后期却沉溺于色情。女人已经成了他重要的刺激，没有女人与他调笑做爱，他便不能抖擞精神。懦弱的君主最终都败倒在女人的胯中，似乎没有女人，他们便没有着落。当然，君主有完全的条件得到女人，美丽的女人像河水源远流长。唯有伟大的君主才永远保持奋斗的姿态，遗憾唐玄宗不能进入其中。

那么多的女人，什么原因使杨玉环如此吸引唐玄宗呢？不仅是杨玉环年轻，不仅是杨玉环貌好，也不仅是她通音律而善歌舞，当然也不是唐玄宗与杨玉环之间突然产生了霞光般的爱。爱只有在平等的地位才能产生，可唐玄宗与杨玉环并不平等。唐玄宗对女人能够任意选择，但杨玉环对唐玄宗却只能完全服从，这决定了他们的关系不是一种爱的关系。

唐玄宗将儿子的妃子召为己有，总不是一件堂皇的事情，遮羞的办法是，让杨玉环做道姑，这是高力士的主意。杨玉环便以信奉道教为名，离开李瑁，五年之后，她才得封贵妃。当然，这五年之中，她是常常侍奉唐玄宗的，而且他对她的依赖越来越深。杨贵妃出生山西，但祖籍却是四川，她明显具备南方女人的特点。其父母死后，在杨玄璬家里度过童年。她以杨玄璬为生父，入册做李瑁的妃子；多年之后，又以杨玄璬为养父，入册做唐玄宗的贵妃，目的是要混淆视听。这仍是高力士的计谋，在这个老奸巨猾的宦官心中，有一颗要控制杨贵妃的种子，他以入木三分的目光，发现唐玄宗需要的就是杨贵妃这样的女人，于是他控制了这个女人，就能继续得宠于唐玄宗，自己的地位就不可动摇。不然，唐政府的斗争是残酷的，如果自己不能主动创造平衡，并掌握这个平衡，那么别人便会去做。

马嵬坡很是安静，夏季最后的阳光，灿烂地照耀着辽阔的平原，此时此刻，到贵妃之墓来的人，几乎都钻在树荫之中。这里是一处渐渐升高的台地，流通的风，运送着远方的清爽。庄稼的碧绿滚滚而来，广袤的田野，到处都是谷物。天空高远而明澈，秋的颜色从它深邃的中心发源，随之在整个宇宙扩散。这是关中最透明最潇洒的季节，但我思考着历史进程之中的一段艳情，却感到一层阴影，那是威严的唐政府的阴影，即使打开窗子，放这灿烂的阳光进去，那里的腐朽之气也难以驱散。我在贵妃之墓徘徊，为自己突然看见了辉煌宫殿的丑恶而幸灾乐祸，遂悄悄地笑了。

玄宗碰到贵妃，是他的胜利。作为一个男人，其终生都在寻找这样一个女人：在她的怀抱，消除自己的焦虑，这种焦虑是本能的、深刻的，唯有异性才能消除。玄宗在贵妃那里，品尝了男女之间最激动最痛快的乐趣。玄宗在贵妃怀抱感到的满足，当然在于他获得了销魂的性爱。然而不仅是这种可以享受的性爱，在贵妃的怀抱，他一定还感到了母亲般的护卫和女儿般的撒娇。男人是需要这些的，不过其难以集中在一个女人身上，像杨玉环这种聚性爱、母爱、女爱于一体，并捆绑着给予唐玄宗的女人，是罕见的，偶然的，它不可模仿。高迈的唐玄宗，碰到了如此绝妙的杨玉环，从而获得了巨大的满足，他当然醉了。醉是一种愉快得灵魂脱离了肉体的境界，幸运的玄宗拥有了它。

然而他的失败恰恰从这里开始。贵妃以其温柔满足了玄宗的渴望，同时，玄宗对贵妃的温柔也产生了依赖。玄宗在贵妃的怀抱醉了，这是玄宗的成功，不过在他沉迷这种境界的时候，贵妃也已经将含蜜的毒刺扎进了玄宗的身上，于是至高无上的皇帝就不能摆脱这个年轻女人的姿色了，他也丧失了摆脱的力量。如果从这个角度考察玄宗，那么他便变成了一个失败的男人。

杨玉环为唐玄宗所召，她当然是被动的，不过她一旦到了唐玄宗身边，她便变得主动了。她必须抓住他，拢住他，否则，她的命运将很是悲惨。想一想，倘若唐玄宗对杨玉环召而抛弃，她的去处只能是冷宫。杨玉环的聪明在于，她将种种利害吃透嚼烂了，从而决定用整个身心迎接唐玄宗。唐玄宗对女人的需要，当然不为给他穿衣、吃饭，出谋定计，他需要的主要是性爱的刺激和乐趣。他在位的后期，常常感到精神的空虚。他已经懒于朝政和国事，唯有女人使他兴奋，可这种兴奋却往往很是短暂，一般女人似乎都不能使唐玄宗如意。

杨玉环到了唐玄宗身边，她的性爱是满盈的。在杨玉环的怀抱，他获得了性爱的全面体验，其不但消除了焦虑，而且忘却了烦恼，他感觉非常好，不愿意离开，也不能离开。唐玄宗在杨玉环的怀抱，确实到了乐不思蜀的程度。

贵妃在给予玄宗性爱的同时，又将玄宗当父亲那样依恋，还将玄宗当儿子那样逗哄，这全方位多角度的温柔之网，牢牢笼罩了皇帝。她刚刚给予玄宗之际，很可能是自发的，随着玄宗的反应，她便自觉地给予，以满足其需要。对于贵妃，这当然也有一个放松和熟练的过程。

不过，贵妃所做的一切，并不是出于她对玄宗的爱，她完全是依靠本能，为了生存。当她已经知道玄宗难以离开自己的时候，她甚至会戏弄皇帝，这是别的人永远不敢的，可她却敢。当然，这是她对玄宗的欲擒故纵之技。贵妃曾经两次得罪玄宗，致使玄宗遣其搬出皇宫，然而，承受不了离别的，不是贵妃，恰恰为玄宗。他心慌意乱，迁怒于人，不出几天，便给贵妃赐食，送礼，随之接她回来。

一个威震四海的皇帝，便这样让女人的风流控制了。他寻找这种风流，获得了竟沉浸其中，不能自拔。要从女人温柔的怀抱挣脱而出是需要力量的，力量的源泉只能是意志和使命，然而唐玄宗不能，他缺乏力量。于是，先是李林甫，后是杨国忠，这两个宰相掌握大权，怎样排斥异己，怎样嫉妒贤能，怎样专横跋扈，他都全然无心过问，只知道在贵妃那里厮混。贵妃是管不了那么多的，她唯一的目的是要集皇帝之宠于一身。

范阳节度使安禄山，在边境累建战功。其一脸憨态，满腔野心，大智若愚，受到唐玄宗的信任。这个昏庸的皇帝，竟以安禄山在他面前作怪而高兴。杨国忠与安禄山明争暗斗，杨国忠以防安禄山谋反为名，每每向唐玄宗进谗，唐玄宗半信半疑，不能明察，对此，安禄山恨透了杨国忠。杨国忠为贵妃堂兄，不仅如此，因为杨玉环是贵妃，她的三个姐妹都封作夫人。安禄山清楚杨氏一族多么耀武扬威，奢侈豪华，清楚他们怎样不得人心，于是，他就以讨伐杨国忠为借口起兵，接着反抗唐政府。叛军攻破潼关之后，长安危急，唐玄宗便准备避难四川。

唐玄宗携带着杨贵妃，而且有杨国忠并皇太子同行，数千禁军为其护卫。公元 756 年 6 月 14 日，他们到了必经之地马嵬坡。这里是一个驿站，荒野在四周神秘地呼吸，草木似兵，土丘如敌。忽然哗变开始了，禁军首领陈玄礼有意除掉杨国忠，士兵神会，便摆开阵势，以箭射之，并用刀砍他几段，接着杀了杨氏一族的其他人。不过，这并没有完结。真正的戏，玄宗和贵妃的戏才刚刚开幕。

消灭了杨氏一族之后，禁军依然不发，进而包围了唐玄宗的住所。十分惊诧的唐玄宗，探问其由，并希望禁军撤退，以平息风波。陈玄礼告诉皇帝，士兵盼他丢开贵妃，并在马嵬正法，因为贵妃是灾祸的根本。此时此刻，老态龙钟的唐玄宗，有一点发抖。

禁军之举，当然是为了唐帝国，他们不满皇帝使杨氏一族那么猖獗，从而为安禄山作乱提供借口，所以皇帝是安全的。如果玄宗执意要保留贵妃，陈玄礼很可能出于尊重皇帝，服从其命令，收回自己的意见。唐玄宗毕竟是七十二岁的人了，不好逼他过分。即使陈玄礼不给情面，玄宗仍可以用变通的办法保护贵妃，以免其死。中国的封建社会积累了众多的计谋，变通的办法可以顺手拈来。一条让贵妃逃生之术，绝对是有的，然而玄宗竟同意赐死贵妃。玄宗斯举，表面观之，是无可奈何的，是为了自己安泰从而使唐帝国安泰，但深刻的原因却不是如此。

贵妃跟玄宗已经十六年了，那种以性爱为基础的关系，随着岁月的流逝，渐渐稀松。老迈的玄宗，欲望减少了，相应的，他对贵妃的需要也减少了，而且他在刚刚得到贵妃那几年所体验到的一种新鲜之感早就寡淡了。他已经没有能量追求使其陶醉的刺激。生命力的衰弱，缓解了他的焦虑感，使其变得能够不靠贵妃而消除它。他一直让贵妃待在自己的身边，既是由于需要，更是由于习惯。这对贵妃是危险的，很明显，这个浑身起皱满脸刻纹的皇帝，终于有一点厌弃她了。真正悲哀，真正无可奈何的，应该是贵妃。

三十八岁的贵妃，在那个明媚的夏天丰韵恰好，但陈玄礼却要唐玄宗为正法而赐她死。事情便这样做了。高力士拿来一条帛带，让贵妃自缢，贵妃哭着攀向一棵梨树上吊而死。陈玄礼验尸之后，好像松了一口气，高力士也好像松了一口气。禁军解甲，向唐玄宗请罪，但唐玄宗却默默摇手，安慰了他们，于是哗变就结束了。死是一个过程，我想在陈玄礼和高力士验尸的时候，贵妃还有体温，如果这样，那么他们的手指一定感到了体温之中的芳香，可惜不久贵妃的肌肤便冰凉了。在马嵬，我没有看到唐代的梨树。那棵将一个美丽的女人悬空的梨树，消失得无影无踪。

陈玄礼一定要唐玄宗赐贵妃以死，我总觉得是有一些奥妙的。他要士兵除掉杨国忠，而且清洗了杨氏一族的其他人，这样做很是正义凛然。他有理由认为，贵妃继续待在玄宗身边很危险，贵妃会报复他。不过他应该明白，逼迫玄宗赐贵妃以死，也很危险，而且这种危险更大。他是禁军的首领，玄宗和贵妃寻欢作乐，他一向看得很清楚，那么白皙而多情的女人，年复一年日复一日地给一个老人施展风流，他会怎么思想？谁能知道他窝了多少嫉妒之火？他难道没有产生拥有一次占有一次她的念头？然而，他是得不到那风流的，这太痛苦太难受了。他是在这个美丽的女人停止呼吸之后平静的。他安然地向唐玄宗请罪。不能得到自己渴望的女人，便贬损她，甚至毁灭她，以此摒绝别的男人得到她，是一种平衡心理的方法，它源于性爱的自私。

红墙围着灰色的贵妃之墓，高远的蓝天之下，这个精致的坟冢孤单而凄凉，即使辉煌的阳光都驱散不了它的哀伤情调。蝉在树上鸣叫，它们嘹亮的声音，越过仿佛火焰燃烧一般的红墙，飞向广阔的空间。生活很好，我想。